Hans-Jürgen Geese

Das Haifischrennen

Sarah Winters erzählt

Für Deinen Schulsieg
im Vorlese-Wettbewerb 1996/97

Börsenverein des Deutschen Buchhandels e.V.
Frankfurt am Main

Hans-Jürgen Geese

Das Haifischrennen

Sarah Winters erzählt

Altberliner
Berlin · München

Titelillustration: Sabine Willharm
Druck & Buchbindearbeiten: Clausen & Bosse, Leck
Printed in Germany 1996
ISBN: 3-357-00770-3

1

Nichts ist schlimmer als wenn nichts passiert.

Wenn ich nachmittags von der Schule nach Hause komme, fragt mich meine Mutter immer: »Sarah, was war heute in der Schule?«

Und ich sage fast immer: »Nichts.«

Ja, ja, ich weiß, falsch ist das, falsch, falsch, falsch. Denn irgendetwas passiert ja auf jeden Fall. Und wenn es nur die Zeit ist, die dahintickt, ohne mich zu fragen. Aber ich meine natürlich, daß nichts Außergewöhnliches passiert ist. Es war eben wie immer. Und darüber habe ich meiner Mutter schon so oft berichtet, daß es mich langweilt, noch einmal zu wiederholen, was ich doch schon wiederholt habe. Und eine Wiederholung von einer Wiederholung von einer Wiederholung ist nun wirklich alles andere als spannend.

Aber ihr habt Glück. Im letzten Sommer passierten bei uns außergewöhnliche Dinge. Gleich am ersten Schultag nach den Sommerferien ging es los. Ja, soviele verrückte Dinge hatte ich in meinem ganzen Leben noch nicht erlebt. Wißt ihr, ich muß mich immer wieder wundern, was für sonderbare Menschen es doch gibt auf dieser Welt. Und was für interessante Menschen.

Denkt nur, bis vor kurzem hatten wir in unserer Klasse drei Könige. Und vielleicht hatten wir außerdem auch noch eine Königin. Die wäre ich dann gewesen. Ich, Sarah Winters, geboren am 30. Mai vor zwölf Jahren in Auckland, Neuseeland.

Komischer Name, denkt ihr vielleicht. Und wo das bloß liegt?

Also, Neuseeland heißt natürlich sozusagen neues Seeland, also ein neues Land, das in der See liegt, also wahrscheinlich ein Land, das irgendwann einmal entdeckt wurde. Und genau so ist es. Die Eingeborenen hier, die Maori heißen, nennen Neuseeland übrigens Aotearoa. Das bedeutet: Das Land der großen weißen Wolke. Ein wunderschöner Name für ein wunderschönes Land. Obwohl es hier natürlich auch dunkle Wolken gibt.

Wo Neuseeland liegt? Also, wenn ich nach Westen schaue, dann liegt ein paar tausend Kilometer von hier entfernt Australien. Und dazwischen liegt ein großes, tiefes, weites Meer. Meine Freundin Kohi hat einmal gesagt, wenn irgendjemand den Stöpsel aus dem Meeresboden herausziehen würde, könnte man zu Fuß nach Australien gehen. Kohi vermutet, daß der Stöpsel sehr tief im Meer verborgen liegen muß. Sonst hätte den doch schon längst ein Taucher entdeckt. Nun, vielleicht wird Kohi eines Tages diesen geheimnisvollen Stöpsel entdecken. Schließlich will sie Taucherin werden. Ich nicht. Nein, es ist sicher, ganz sicher, daß ich eines Tages Schriftstellerin sein werde. Dann kann ich über Menschen schreiben. Soviel ich will. Kohi findet Meerschweinchen interessanter als Menschen. Sie liebt Tiere und hat nicht einmal Angst vor Haifischen.

»Unten im Wasser hat man seine Ruhe«, sagt sie, »da brüllt keiner rum, keiner schießt auf dich, und kein Auto kann dich überfahren.«

Also, ich sitze lieber am Strand, auf einem Felsen, schaue aufs Meer hinaus und denke nach. Das mache ich fast jeden Tag. Und beim Denken auf meinem Felsen fallen mir immer die besten Geschichten ein. Die schreibe ich dann auf. Schließlich will ich ja eines Tages Schriftstellerin werden. Eine Geschichtenerzählerin.

Ich werde euch aber dieses Mal keine Geschichte erzählen, die ich mir ausgedacht habe, sondern davon berichten, was Ende des Sommers hier bei uns passierte. Ihr müßt wissen, bei uns beginnt der Sommer im Dezember. Hier in Neuseeland, am Ende der Welt, wie man so sagt, ist manches anders als bei euch in Europa.

Das weiß ich aus der Schule, von meinen Eltern und von Emerich Brichtholzschneider, der aus Deutschland hier zu Besuch war.

Was wollt ihr wissen?

Ob Emerich…?

Nein, Emerich war keiner von den Kings in unserer Klasse. Undenkbar, der und König. Das hätte ihn soviel interessiert wie die genaue Uhrzeit auf der Rückseite des Mondes um achtzehnuhrfünfundfünfzig. Ach Emerich, wo du jetzt wohl stecken magst? Wahrscheinlich weit draußen auf dem Meer auf eurem Segelschiff, und da spielst du Fußball.

Nein, nicht Wasserball!

Fußball!

Auf dem Meer? Auf einem Segelschiff?

Genauso ist es!

Ich sagte ja, wirklich sonderbare Menschen leben in unserer Welt.

Habt ihr schon einmal von Graham O'Conners gehört? Wahrscheinlich nicht. Aber das wird sich gleich ändern.

Ich werde nie vergessen, wie ich mich am ersten Schultag nach den Sommerferien sputen mußte, um nicht zu spät zum Unterricht zu kommen. Und beinahe hätte mich dann auch noch dieses riesige Auto überfahren, das auf unseren Schulhof rollte. Natürlich war das verboten. Nie vorher hatte es ein Auto gewagt, auf unseren Schulhof zu fahren. Ich meine, während der Unterrichtszeiten. Und dann …, dann hielt dieser

Riesenschlitten auch noch tatsächlich vor der Eingangstür zu unserem Klassenzimmer. Einfach verrückt war das. So eine noble Limousine, auf unserem Betonschulhof, vor unserem schmucklosen Zweckbau. Und dann der Fahrer. Ein richtiger Fahrer! Ein Chauffeur! Er stieg gemächlich aus, lief dann aber im Eiltippelschritt um den vorderen Teil des Autos herum, zerrte seine Weste gerade, öffnete die hintere Seitentür, machte einen Diener und sputete sich dann im Eiltippelschritt zum Kofferraum, aus dem er eine Lederkiste schleppte. Darin mußte das Gepäck seines Herrn sein.

Ich stand ein wenig abseits und schaute gespannt diesem Schauspiel zu. Hätte sich in dem Augenblick meine Blase gemeldet, ich bin sicher, ich hätte mir in die Hose gemacht. Ohne es zu merken.

Bei den Göttern Neuseelands, ja, diese schwarze Limousine hielt tat…, tat…, tatsächlich vor unserem Klassenzimmer. Ihr müßt wissen, die Tür zu unserem Klassenzimmer führt direkt auf den Schulhof. ›Sarah, mahnte ich, Mädchen, du verpaßt etwas.‹ Oh, ich lief, ich eilte, ich hastete. Nein, ich wollte nichts verpassen. Das hätte ich mir nie verziehen.

Es klingelte. Und mit dem Klingelzeichen schritt der junge Herr ins Klassenzimmer. Ich nehme an, daß es am Hof des Königs ähnlich zugeht. Er schaute sich nicht ein einziges Mal um, wahrscheinlich macht er das nie, und daher hätte ich beinahe die Tür auf die Nase geknallt bekommen. Aber es ging noch einmal gut. Wie immer um diese Zeit herrschte noch ziemliches Tohuwabohu in der Klasse. Unsere Lehrerin, Misses Beecham, gewährt uns immer noch drei Minuten Gnadenfrist, wie sie das nennt.

Aber als Graham O'Conners einschritt, trat Ruhe ein. Schlagartig. Obwohl wir doch noch die drei Minuten gut hatten. Misses Beecham, die an ihrem Tisch in irgendwelchen Papieren herumkramte, zuckte zusammen. Was ist bloß los, mochte sie denken. Ihr nervöser Blick fiel sofort auf den geschniegelten Gentleman. Sie stand auf. Ihre Beine zitterten. Ein wenig.

»Graham O'Conners?« fragte sie schüchtern.

Der Junge drückte den Kopf nach oben und schaute über die Nasenspitze nach unten. Obwohl Misses Beecham natürlich viel größer war als er.

»O'Conners, Madam, Mr. O'Conners.«

Das sagte der so. Und keiner lachte. Oh ja, wir waren alle tief beeindruckt. Schließlich erlebt man so etwas nun wirklich nicht alle Tage. Und wenn man mit wichtigen Leuten zu tun hat, ist man ja schließlich selbst auch wichtig. Sonst würden sich die wichtigen Leute ja nicht mit einem abgeben. So etwa in dieser Art mußten wir wohl gedacht haben. Nicht bewußt. Aber trotzdem.

Ohne zu fragen, setzte sich Mr. O'Conners an eine freie Schulbank, ließ den Diener auf dem Stuhl neben ihm das Gepäck abladen und nickte dann Misses Beecham aufmunternd zu. So als wollte er das Zeichen zum Beginn des Unterrichts geben.

Aber das war's dann auch schon. Denn von da an kümmerte sich Mr. O'Conners nicht mehr um den Unterricht. Er packte ein Buch aus, stellte allerlei Schleckereien auf den Tisch, vertiefte sich in seine Lektüre und naschte dabei von den guten Sachen.

Das also war der Neue, von dem Misses Beecham vor Beginn der Sommerferien kurz berichtet hatte. Das klang damals alles ganz harmlos. Ohne richtige Vorwarnung ist der in unsere Welt hineingeplatzt. Junge, Junge, wer hätte das gedacht.

Misses Beecham versuchte so zu tun, als sei er gar nicht anwesend, unser neuer König. Sie war einfach nicht auf diese Situation vorbereitet. Und wer könnte ihr das vorwerfen?

Erst nach ein paar Tagen faßte sie ein wenig Mut. Und dann ein wenig mehr und mehr und mehr. Sie trainierte. Ja, jedesmal wenn sie bei Mr. O'Conners vorbeikam, schleuderte sie einen immer wütenderen Blick zu ihm hinab. *Wir* sahen es, wir sahen es ganz deutlich. Nur Mr. O'Conners sah es nicht. Der las in seinem Buch und kümmerte sich keinen Deut um die Welt jenseits seines Dunstkreises.

Aber dann, an einem Donnerstag, um genau 11.00 Uhr, sprach Misses Beecham Mr. O'Conners zum ersten Mal seit der kurzen Begrüßung an: »Mr. O'Conners, Sir«, sagte sie und ihre Stimme klang auf einmal ganz vornehm, »ich weiß, wie schlimm es für Sie sein muß, sich als neuer Schüler bei uns einzugewöhnen. Aber vielleicht dürfte ich nach einer Woche vielleicht doch zumindest eine kurze Frage stellen?«

Mr. O'Conners blickte nicht einmal auf. Was der wohl für ein spannendes Buch las? Alle seine Bücher haben einen besonderen Umschlag – aus Leder. So war es uns leider unmöglich, den Titel des Buches zu lesen.

Der junge Herr reagierte nicht. Und daher wiederholte Misses Beecham ihr Anliegen. Sie wartete. Und beinahe hätte sie aufgegeben. Doch da …, da …, da tat sich was bei Mr. O'Conners.

Zwar blickte er nicht von seinem Buch auf, aber die rechte Hand langte hinüber in die Kiste, kramte darin, kramte und kramte, und es dauerte und dauerte, doch dann fischte er endlich heraus, wonach er gesucht hatte. Die Finger seiner rechten Hand suchten nach einem Knopf, fanden ihn schließlich, drückten auf eben diesen Knopf, und dann hielt Mr. O'Conners Misses Beecham das Ding unter die Nase. Und noch immer las er in seinem Buch.

»Hier«, sagte er verärgert, »hier, sprechen Sie, aber langsam, sprechen Sie Ihre Fragen auf das Tonband. Morgen früh erhalten Sie dann von mir jeweils eine schriftliche Antwort auf ihre Fragen.«

Damit war für ihn die Sache erledigt. Er griff in eine der Pralinenschachteln, goß sich diesen süßlich riechenden Tee aus der Thermosflasche in die Tasse und tat wieder so, als sei er völlig allein.

»Mr. O'Conners!« sprach Misses Beecham jetzt ziemlich laut, und in ihrem Gesicht sah es ziemlich finster aus. Aber der junge Herr hörte nicht zu. Er nahm sie gar nicht wahr.

Ich bin mir noch heute ganz sicher, was Misses Beecham jetzt am liebsten getan hätte. Aber sie durfte nicht. Nein, bei uns dürfen Lehrer die Kinder nicht schlagen.

Also, was sollte sie tun? Was konnte sie tun? Nichts!

In ihrer Wut und Hilflosigkeit schaute sie uns an, zuckte mit den Schultern. Sie war so verzweifelt, daß sie bestimmt nicht einmal die wunderbare Ruhe genießen konnte, die im Klassenzimmer herrschte.

In ihrem rechten Auge perlte eine kleine Träne.

Sie drehte sich um, ging auf die Tafel zu und kämpfte gegen ihre Verzweiflung an. Wir konnten das zwar nicht sehen. Aber wir spürten es.

Mr. O'Conners schlemmte derweil ungerührt weiter. Eine Praline fiel von seinem Tisch. Er hob sie nicht auf. Noch nie hatte er aufgehoben, was von seiner Bank heruntergefallen war. Nein, er ließ es einfach liegen.

Ich starrte fasziniert das Tonband an, das noch immer eingeschaltet war. Das kleine Band mit dem Rad drehte sich und drehte sich. ›Armes Tonband‹, dachte ich. ›Es macht sich die ganze Arbeit völlig umsonst. Denn keiner sagt etwas.‹

Doch dann hörte ich Stühlerücken. Und dann sah ich, wie Bryan mit seinen kräftigen dumpfen Schritten von der letzten Bank nach vorne marschierte. Er lief fast das ganze Jahr über barfuß. Auch heute. Sein breites Kreuz ist stets ganz gerade.

Bryan holte von vorn den Papierkorb. Dann drehte er sich um, blickte Mr. O'Conners an, ohne Wut, ganz ruhig. Und genau so ruhig ging er auf ihn zu. Vor der Bank von Mr. O'Conners stampfte er den Papierkorb auf den Boden. Doch der junge Herr schien das gar nicht zu bemerken. Zumindest regte es ihn nicht auf.

Mit zwei Bewegungen seiner kräftigen Arme räumte Bryan die Schulbank leer. Alles landete im Papierkorb. Ich hörte, wie die Thermosflasche zu Bruch ging. Auch das Tonband war verschwunden. Dann packte Bryan Mr. O'Conners im Nacken, zerrte ihn vom Stuhl und drückte ihn auf den Boden.

»Aufheben!« sagte er langsam. Mehr mußte er nicht sagen. Seine Stimme allein war schon eine Drohung.

Mr. O'Conners schien den Ernst seiner Lage trotzdem noch nicht begriffen zu haben. Obwohl ich ihn zum ersten Mal ein wenig nervös sah. Er fingerte an seinem Anzug herum und strich sich mehrmals mit der Handfläche übers Haar.

»Aufheben!« wiederholte Bryan und packte fester zu.

›Mann, ist der stur‹, dachte ich. ›Der wird nie nachgeben. Wahrscheinlich hat er es einfach nicht gelernt.‹

Doch wenn Bryan zupackt, dann tut es weh, richtig weh. Und auf einmal war die Praline im Papierkorb.

Bryan zerrte Mr. O'Conners nach oben.

»Und nun geh und entschuldige dich bei Misses Beecham!«

Doch Mr. O'Conners bückte sich zum Papierkorb hinunter, holte sein Buch heraus und ging, als wäre nichts geschehen, zu seiner Bank zurück und setzte sich. Da mußte sogar Bryan Crawford staunen. Aber nicht lange. Nein, nur einen Augenblick.

»Kerl, ich habe dir gesagt, verdammt noch mal ...«

»Bryan!« rief Misses Beecham, »laß es gut sein, komm, setz dich wieder hin ...«

Misses Beecham atmete tief ein und aus. So wie es ihre Art ist. Und dann wiederholte sie noch einmal, wie die Wärme der Sonnenstrahlen das Wasser auf der Erde verdunsten läßt, wie es aufsteigt, wie sich Wolken bilden und so weiter. Eines ihrer Lieblingsworte ist Kreislauf. Sie behauptet, das Leben sei ein Kreislauf, das Wasser folge einem Kreislauf, das Essen und tausend und zweiundreißig Dinge mehr.

Nun, damals konnten wir nicht mehr groß auf das Thema eingehen. Gott der Herr, Herrscher über das Schicksal aller Schüler und jeder Unterrichtsklasse, hatte in seiner Güte in den Lauf der Dinge eingegriffen und die Klingel klingeln lassen. Manchmal macht er das. Manchmal. Leider nicht oft genug. Wie auch immer, diese Stunde jedenfalls war zu Ende. Aus. Pause.

Nur die Merkwürdigkeiten dieses Tages, die, die machten keine Pause. Denn mit dem Klingelzeichen stand Mr. O'Conners dieses Mal auf. Für gewöhnlich blieb er einfach sitzen und las weiter. Ja, an diesem Tag stand er auf, ließ seine Kiste, wo sie war, ging aus dem Klassenzimmer … und kam nicht zurück. Nein. Er kam einfach nicht zurück. Misses Beecham suchte ihn überall. Auf der Toilette, in den anderen Gebäuden, unten am Strand sogar. Aber Mr. O'Conners war verschwunden, richtig verschwunden. Misses Beecham lief zur Straße hinaus und sah gerade noch, wie ein Taxi um die Ecke bog. Da drin konnte nur Mr. O'Conners sitzen.

Der Fahrer des Schulbusses kehrte gerade den Dreck durch die Vordertür seiner Klapperkiste: »Der stand eine ganze Weile hier herum, hab' mich schon gewundert ..., bis ihn dann das Taxi abgeholt hat.«

»Aber Archy«, fragte Misses Beecham, »wie konnte er nur das Taxi bestellen?«

Der Fahrer drückte behäbig seine Schultern hoch: »Fragen Sie meinen Bus«, antwortete er in seiner Hilflosigkeit. Das klingt nur so komisch. Ist es aber nicht. Denn Archy spricht regelmäßig zu seinem Bus. Oh ja, dieser Bus ist sein bester Freund. Ich habe schon gesehen, wie er den Motor startete und vorne neben der Kühlerhaube stand, nur um sich an dem Brummen der Maschine zu erfreuen. In den Sommerferienzeiten baut er die Sitze aus und benutzt den Bus dann als Camper. Meistens kommt er zu spät von seinen Fahrten zurück, und dann droht der Direktor zum tausendsten Mal, daß er sich einen anderen Bus und einen anderen Busfahrer suchen wird. Aber aus irgendeinem Grunde wird dann doch nichts daraus. Archy gehört einfach zu unserer Schule. Er kennt jeden, und jeder kennt Archy. Immer trägt er diese kurzen Schlabberhosen, die bis auf seine Knie hinabhängen. Er flucht gern. Und das hilft ihm vielleicht. Denn er hat es nicht einfach mit uns. Wenn er den Jungen mal wieder mit Prügeln droht, weil die partout nicht parieren wollen, dann spucken die ihm nicht selten die schlimmsten Worte ins Gesicht, die man ihm antun kann: »Auch der zähste Motor wird eines Tages verrecken.« Nicht wahr, Kinder sind eine seltsame Art von Mensch. Einzeln wie Engel, aber als Gruppe oftmals alles andere. Misses Beecham wird das sicherlich bestätigen können.

Unsere gute Misses Beecham, die Archy dann einfach stehen ließ, um nicht in eines seiner gefürchteten Gespräche verwickelt zu werden, die erst nach Stunden zu enden pflegen.

»Wo ist Mr. O'Conners?« fragten wir, als sie ins Klassenzimmer zurückkam.

»Er ist nach Hause gefahren…«

»Sind Sie froh darüber?« fragte ich und lächelte.

»Nein«, sagte sie, »warum sollte ich froh darüber sein?«

Wer soll das verstehen? Wir nicht. Bryan versprach ihr: »Das nächste Mal kriegt der Kerl eine gepfefferte Abreibung.«

Auch das fand Misses Beecham nicht gut.

»Graham O'Conners muß zur Schule gehen, genauso wie ihr auch.«

»Aber warum gerade in unsere Schule?« fragte Bryan.

»Weil seine Eltern es so wünschen. Ihr wißt wahrscheinlich, daß Grahams Eltern sehr reich sind. Trotzdem wollen sie nicht, daß er eine Privatschule besucht, sondern daß er ganz normal aufwächst.«

Henderson, der kleine Henderson, wußte mal wieder mehr als wir alle: »Ich habe nachgeforscht. Mr. O'Conners war schon auf vielen Privatschulen. Und überall ist er rausgeflogen. Keiner hat es bisher mit ihm ausgehalten. Aber hier kann er nicht rausfliegen. Hier ist keine Privatschule.«

»Henderson …«, mahnte Misses Beecham, »es reicht.«

Als die Schulglocke an diesem Tag zum letzten Mal klingelte, waren wir alle einer Meinung. Der morgige Schultag würde bestimmt interessant werden.

»Ist doch wie Kino«, schwärmte Susan, »aber ohne Eintritt. Bin mal gespannt, was O'Conners sich einfallen läßt.«

Ja, gespannt waren wir alle. Und ein paar von uns wetteten auch, was passieren würde. Aber alle lagen sie mit ihren Wetten daneben. Es kommt eben meistens ganz anders, als man es sich vorgestellt hat. Ich denke mir manchmal, daß es im Himmel Zuschauer gibt. Und die wollen sich nicht langweilen. Das wollen wir ja schließlich auch nicht. Und deswegen gibt es in der Show auf Erden jede Menge Überraschungen.

Nun, natürlich kamen wir am nächsten Tag alle ein wenig früher als gewöhnlich. Bereits um kurz vor acht war nur noch die Bank für Ihre Majestät nicht besetzt. Ansonsten: Ausverkauft.

Misses Beecham sah nicht sehr glücklich aus. Sie hat

langes, glatt herabhängendes Haar, das sie an diesem Morgen noch öfters als sonst aus dem Gesicht wischte. Und dauernd schaute sie auf. Obwohl wir alle ganz brav auf unseren Plätzen saßen und keinen Mucks von uns gaben. Jeder Lehrer wäre stolz auf uns gewesen.

Wir warteten.

Vom Meer her schien die Sonne durch die Fenster. Da hätte man wunderbar die Augen schließen und sich in Gedanken davonstehlen können. An einem anderen Tag, meine ich…

An diesem Tag auf keinen Fall. Obwohl sich nichts tat. Nein.

Wir warteten nur und warteten.

Piffy rief laut in die Klasse hinein: »Kömmt ör öder kömmt ör nöcht?«

Misses Beecham schlug mit der Faust auf ihren Tisch. Doch bevor sie ihre Ermahnung hinausschleudern konnte, wurde sie abgelenkt. Ihr Kopf wandte sich zum Fenster hin. Ein Wagen fuhr auf den Schulhof. Das ist nach wie vor verboten. Können die denn nicht …?

Selbst der Kaiser von China soll früher ab und zu mal ein wenig gegangen sein. Ob die da draußen das wußten? Der Wagen hielt. Der Fahrer stieg aus. Im Tippelschritt lief er um die Motorhaube herum, öffnete die linke Hintertür, lief im Tippelschritt um den hinteren Teil des Wagens herum und öffnete die andere Tür.

Zwei Herren stiegen aus, rümpften die Nase und bogen sich gerade. Der eine war der Vater von Mr. O'Conners. Das sah man. Der andere hatte einen schwarzen Anzug an und trug eine schwarze Tasche. Er sah nicht so aus, als müßte er noch einmal zur Schule gehen. Er hatte diese Augen, die Klugheit ausstrahlen. Und Arroganz.

Jetzt erst öffnete der Fahrer die Beifahrertür. Und heraus stieg Mr. O'Conners Junior. Der Fahrer öffnete den Kofferraum, holte diesen uns allen bekannten Bücher- und Freßkorb aus dem Wagen. Trotz der Last mußte er vorgehen, drückte sich gegen die Tür, bis die anderen vorbeigegangen waren. Dann lud er den Korb neben Mr. O'Conners Juniors Platz ab. Er verbeugte sich ein wenig und schwebte davon.

Keiner sagte etwas.

Wer würde zuerst nervös?

Wir natürlich nicht. Von uns wollte ja keiner was. Wir waren nur Zuschauer. Nun, nicht ganz. Denn Mr. O'Conners Junior wies auf Bryan und schaute ihn dabei an, als wollte er jeden Augenblick ausspucken. Aber das machte er natürlich nicht. Kein Gentleman macht das.

Misses Beecham war nervös. Alle sahen das.

»Was ..., was kann ich für Sie tun ..., meine Herren?« piepste ihre Stimme hervor.

Aber sie bekam keine Antwort.

Und Misses Beecham wurde noch nervöser, war jetzt auch ganz rot im Gesicht, und Schweiß glänzte auf ihrer Stirn. Vielleicht ließ sie ihr Haar jetzt absichtlich immer wieder ins Gesicht fallen? Damit sie etwas zu tun hatte. Man kann doch nicht einfach so dastehen und warten.

Oh doch, die Herren konnten. Sie verstanden es, Misses Beechams Nervosität herauszulocken.

Natürlich wußte Mr. O'Conners, daß unsere Lehrerin Frau Beecham ist und nicht Fräulein Beecham. Trotzdem sagte er: »Miss«, wartete ein paar lange Augenblicke und redete dann in Sätzen wie Peitschenhieben. »Mein Sohn ist gestern in Ihrer Klasse überfallen worden. Unser Arzt hat die Verletzungen festgestellt. Wir erstatten Anzeige gegen Sie. Und gegen … einen gewissen … Bryan Crawford.«

Mr. O'Conners Junior deutete auf Bryan.

Der schwarze Mann fuhr fort: »Ich bin der Anwalt der Familie. Die Anzeige wird heute der Polizei übergeben. Wir hoffen, daß sich solch ein unglaublicher Vorfall nicht wiederholen wird. Sollten Sie als Lehrerin überfordert sein, empfehlen wir, sich Ihrem Rektor anzuvertrauen.«

Das sagte der so, mit der größten Selbstverständlichkeit der Welt. Er mußte es wohl gewohnt sein. Doch dieses Mal hatte der kluge Mann einen Fehler gemacht. Misses Beecham ging auf ihn zu. Nein, sie stampfte auf ihn zu. Zum Glück hatte sie keinen Stock oder sonst einen harten Gegenstand in der Faust. Nur ihre Wut.

»Überfordert? Ich? Sie sind wohl größenwahnsinnig. Scheren Sie sich hier raus. Sofort! Verschwinden Sie. Was bilden Sie sich nur ein, Sie, Sie, Sie…«

Sie suchte verzweifelt in ihrem Hirn. Und sie fand … »Sie Advokatenhai!«

›Mein Gott …‹, dachte ich.

Die Herren waren beeindruckt. Man sah es ihnen an. Aber sollten sie gehen? Sollten sie sich dieser kleinen Person beugen? Sie waren unschlüssig, steckten die Köpfe zusammen und tuschelten.

Wir halfen ein wenig nach. Ich weiß nicht, wer anfing. Aber kaum hatte Misses Beecham ihren Zorn hinausgeschmettert, da klatschten wir Beifall, einige riefen: »Bravo!« riefen lauter und lauter, »bravo, bravo, bravo …«

Lehrer von den Nebengebäuden kamen herübergelaufen. Und hätte einer eine Trompete gehabt und zum Angriff geblasen, ich bin sicher, wir hätten es getan. Bestimmt.

Mr. O'Conners wies seinen Sohn an, sich zu setzen. Dann zog er sich mit seinem Anwalt zurück. Nein, beim besten Willen, hier war für die Herren im Augenblick kein Blumentopf mehr zu gewinnen. Und dann, als das Auto davonbrauste, kannte der Jubel im Klassenzimmer kein Ende.

Das Unglaubliche aber war: In all dem Lärm, in diesem ausgelassenen Trubel, saß unser Mr. O'Conners ruhig, gelassen auf seinem Platz, las in einem Buch und griff dann und wann nach einer Praline aus einem großen achteckigen Karton.

Was bei dem Kerl im Kopf vorgehen mochte?

Nun, langsam beruhigten sich alle wieder. Die herbeigeeilten Lehrer kehrten zu ihren Klassen zurück. Der Unterricht konnte beginnen.

Misses Beecham schlug ihre Unterlagen auf, atmete tief durch, so wie sie es oft tut, um sich zu konzentrieren. Sie bat um Ruhe. Wahrscheinlich meinte sie damit sich selbst. Denn in der Klasse herrschte bereits Ruhe. Solange, bis wir ganz deutlich diesen Aufschlag hörten. Es machte »Tock« und »Tock« und noch einmal »Tock«. Mr. O'Conners hatte wie aus Versehen drei seiner Pralinen über die Tischkante geschoben. Und erst als er ganz sicher sein konnte, daß alle Aufmerksamkeit auf ihn gerichtet war, erst dann schob er mit dem rechten Zeigefinger und der größten Gelassenheit der Welt ganz langsam eine vierte Praline hinterher. »Tock«.

Seine Augen waren in das Buch vertieft. Keine Miene verriet Spannung, Aufregung, Wut oder Freude. Wie unter einer Maske konnte O'Conners seine Gefühle verstecken.

Misses Beecham atmete noch einmal tief ein und aus. Dann fragte sie, was sie an jedem Tag mindestens zweiunddreißigmal fragte: »Also, wo waren wir stehengeblieben?«

Sie ging zur Tafel und schrieb einen Satz. Und noch bevor sie damit fertig war, waren die vier Pralinen vom Boden verschwunden. Jeff, der hinter Mr. O'Conners sitzt, hatte sie aufgehoben und steckte gerade die erste in den Mund. Wann immer Mr. O'Conners von da an eine Praline zu Boden fallen ließ, holte Jeff sie sich.

»Hör auf damit!« fauchte ihn Bryan an. Aber das half nichts.

In der Aufregung hatte Henderson an diesem Morgen ganz vergessen, seine Fragen zu stellen. Das war so eine Abmachung zwischen Misses Beecham und ihm. Bei uns begann jeder Schultag damit, daß Henderson Fragen stellte. Und er hatte immer Fragen. Man soll mit so einem Wort ja nicht leichtsinnig umgehen. Aber für mich ist Henderson ein Genie. Und natürlich war er der Beste in der Klasse. Henderson ist eine Lernmaschine. Er frißt Wissen wie andere Pommes. Wenn man ihn einfach fragen hätte lassen, hätte er mit Misses Beecham den Unterricht ganz allein gestaltet. Da habe ich keinen Zweifel. Und daher bestand diese Abmachung. Henderson fragte meistens ganz ausgefallene oder verrückte Sachen. Einmal wollte er wissen, welches Volk den Balkon erfunden hat. Wie immer gab Misses Beecham zuerst die Frage an die Klasse weiter. Piffy, das ist unser Scherzbold, wußte lediglich, daß man auf den Pyramiden der alten Ägypter bisher noch keine Balkone entdeckt hatte. »Also müssen die später entdeckt worden sein. Lassen Sie mich in mich gehen … Ja, so könnte es gewesen sein …, ich würde meinen …, so zwischen zweitausend vor Christus und zweitausend nach Christus. Auf ein paar Minuten mehr oder weniger kommt es da nicht drauf an.«

Herrlich, Piffy, herrlich!

Wir lachten fast alle. Das ist Piffy mehr wert als die beste Zensur. Henderson lachte nicht. Ich glaube, ich habe Henderson nie lachen gesehen. Wahrscheinlich dachte er sofort über den Witz nach und vergaß darüber ganz das Lachen.

Die meisten von Hendersons Fragen mußte sich Misses Beecham aufschreiben. Sie versuchte dann, die Antworten herauszufinden, und irgendwann einmal sprachen wir dann darüber. Henderson hatte einen riesigen Fragenvorsprung. Nein, die arme Misses Beecham hatte keine Chance. Ihre Antworten konnten die Fragen nie einholen.

»Henderson«, sagte Misses Beecham,»es ist schon sehr spät geworden. Lassen wir die Fragen heute mal ausfallen.«

»Bitte, nur eine Frage, die anderen verschieben wir dann auf morgen.«

»Na gut, also schieß los.«

»Ich habe gestern abend folgende Beobachtung gemacht: Meine Schwester kitzelte mich. Und da ich sehr kitzelig bin, war das sehr unangenehm. Später habe ich mich dann selbst gekitzelt. Aber es hat nicht funktioniert. Man kann sich nicht selbst kitzeln. Wieso nicht?«

Misses Beecham kitzelte sich unter der Achselhöhle, schaute überrascht Henderson an, nickte und schüttelte den Kopf. Nein, diese Frage schrieb sie sich nicht auf. Solch eine Frage kann man einfach nicht vergessen.

»Ich komm' auf dich zurück«, sagte sie wie schon tausendmal vorher. Nun, Henderson hatte nichts anderes erwartet.

Obwohl es ihn doch bestimmt langweilen mußte, verfolgte Henderson den Unterricht sehr aufmerksam. Und er schrieb sehr viel in sein Heft.

Übrigens saß Henderson allein an einem Tisch. Auch das war so eine Abmachung. Henderson wußte einfach zuviel. Und er konnte sein Wissen nur schwer für sich behalten. Wenn jemand neben ihm gesessen hätte, wäre der völlig verblödet. Ja, der hätte das Denken einstellen können. Henderson hätte das alles für ihn erledigt.

Nun, die Frage war gestellt, die Antwort mal wieder vertagt, jetzt konnte endlich der Unterricht beginnen. Für uns. Nicht für Mr. O'Conners natürlich. Der las in seinem Buch. Und Henderson schrieb und schrieb in eines seiner vielen Hefte. Aber wir anderen, wir mühten uns, zu lernen, was es zu lernen gab. Ja, der Schulalltag hatte uns wieder. Wie schade doch, daß diese schönen Unterbrechungen erst einmal ein Ende hatten.

2

In der nächsten Zeit herrschte bei uns in der Klasse so eine Art Waffenstillstand. Keiner forderte den anderen heraus. Vielleicht würden wir noch heute mit diesem Waffenstillstand leben, wenn ...., wenn nicht Emerich Brichtholzschneider aufgetaucht wäre. Nun, um genau zu sein, er tauchte nicht auf, nein, er kam nicht mit einem Unterseeboot zu uns nach Neuseeland, sondern mit einem Segelschiff. Ach, ich werde diesen Tag nie vergessen.

Stellt euch vor, wo ich wohne, ist links eine Bucht mit einem breiten Sandstrand und rechts eine Bucht mit einem breiten Sandstrand. Ich wohne also auf einer kleinen Halbinsel, oben auf einem Riff, zwischen diesen beiden Buchten. Von hier oben kann ich wunderbar beide Buchten überschauen. Die linke Bucht heißt Stanmore Bay. Wie es heißt, hatten hier einst krummbeinige, fette Piraten ihren Kapitän Sten begraben. Der wollte das. Weil es hier so schön ist. Ich bin sicher, Kapitän Sten hat diese Entscheidung nie bereut.

Hinter dem Strand in der Stanmore Bay liegen zwei Sportplätze. Gleich neben der Schule.

Also, an jenem Tag saß ich nach der Schule, so um 16 Uhr, auf meinem Lieblingsfelsen unterhalb der kleinen Halbinsel, las, dachte nach und träumte. Ich war glücklich.

Das schwappende, glucksende Wasser zwischen den Felsen, die heranrollenden, sich allmählich auftürmenden Wellen, das Rauschen und Brausen des Meeres und die Unendlichkeit am Horizont geben meiner Phantasie starke Flügel. Wie oft schon habe ich hier gesessen und zugeschaut, wie die glühende Sonne zischend ins Meer taucht. Der Himmel ist dann berauschend schön. Manchmal denke ich, daß der liebe Gott das alles nur für mich geschaffen hat.

Ich meine diese Bucht, diesen Strand, diesen Felsen, das Meer, die Sonne, den Himmel. Alles nur für mich, für mich ganz allein.

Vielleicht sogar das Segelschiff, das da weit draußen am Horizont auftauchte. Es bewegte sich auf unseren kleinen Hafen zu. Obwohl ich hier draußen jeden Tag Schiffe sehe und mich normalerweise nicht davon ablenken lasse, mußte ich seltsamerweise immer wieder mal aufschauen aus meinem Buch und sehen, wo sich das Segelschiff inzwischen befand. Und bald …, bald hielt ich es nicht mehr aus.

Das Segelschiff da draußen hatte ich noch nie vorher gesehen. Und es war auch ziemlich groß. Warum kam es gerade in unseren kleinen Hafen? Solche Schiffe fahren normalerweise nur vorbei bei uns.

Wißt ihr, eine gute Schriftstellerin muß neugierig sein. Das habe ich irgendwo gelesen.

Ich bin schon immer sehr neugierig gewesen. Und seitdem ich das über die Neugierde bei Schriftstellern gelesen habe, bin ich sogar noch neugieriger geworden.

Hastig packte ich meinen Kram in die Stofftasche, rutschte von dem Felsen hinunter und sputete mich. Es dauerte nur ungefähr zwanzig Minuten. Dann war ich im Hafen. Ich setzte mich am Landungssteg auf einen Holzpfahl und schaute zu. Das Segelboot wurde gerade mit Seilen an der Landungsbrücke festgezurrt. Ein Mann, eine Frau, ein Mädchen und ein Junge kletterten an Land. Es war das erste Mal, daß ich einen Mann aus einem Boot aussteigen sah, der einen Ball in der Hand hielt. Und auch der Junge hatte einen Ball unter dem linken Arm. Einen *runden* Ball. Und was machte der Junge? Er lief, er rannte, er spurtete auf den Sportplatz zu. Und dann, als er auf dem Sportplatz ankam, nahm er den Ball, schoß ihn mit dem rechten Fuß schräg in den Himmel, rannte hinter dem Ball her, schoß ihn dann wieder hoch, rannte hinterher und so weiter und so weiter und so weiter. Ohne Unterlaß. Ich hatte auf die Uhr geschaut, als der Junge mit der Kickerei und der Rennerei anfing und als er dann endlich damit aufhörte. Eine halbe Stunde und acht Minuten hatte der da herumgetobt.

Bryan stand mittlerweile neben mir, sah ebenfalls interessiert diesem Treiben zu. Er zog die Schultern hoch. War der da normal?

Dann…, dann fiel der Bursche plötzlich um, lag mit dem Rücken auf dem Rasen, streckte die Arme nach oben, schloß die Augen und schrie, schrie aus vollem Halse: »Aaaaaaaaahhhhhhhhhhhhhhhhhh!« Oder so ähnlich. Einfach so. Kein Wunder, nicht wahr, daß Bryan und ich uns etwas ratlos anschauten. Schließlich erlebt man so etwas ja nicht alle Tage.

Lehrer Simon kam gerade vorbeistolziert. Seine Stirn lag in Falten, und seine Augen starrten konzentriert auf den Jungen auf dem Sportplatz. Mit sorgenvoller Miene ging er auf den Vater zu, zeigte auf den Jungen und fragte den Vater etwas, der sehr amüsiert zuschaute. Natürlich machten Bryan und ich lange Ohren. Der Simon fragte, ob alles in Ordnung sei und ob er helfen könne.

»Keine Sorge«, lachte der Mann, »wir sind gerade mit dem Segelschiff angekommen. Zwei Wochen lang haben wir kein Land gesehen. Und ein Sturm hat uns wirklich hart zugesetzt. Mein Sohn ist nur glücklich.«

»Glücklich«, sagte Simon mit leichter Stimme, »glücklich, natürlich, wie schön.« Er lachte, winkte dem Jungen zu, der noch immer mit geschlossenen Augen auf dem Rasen lag und daher von der ganzen Winkerei leider nichts hatte. Nun, irgendwie kann ich mir gut vorstellen, wie das ist, wenn man nach zwei Wochen endlich wieder festen Boden unter den Füßen hat.

Der Vater kam zu uns herüber.

»Hello«, sagt er, »ich heiße Arnold Brichtholzschneider.«

›Mann‹, dachte ich, ›das ist der lustigste Name, den ich je in meinem Leben gehört habe. Und ein ganzer Mund voller Buchstaben noch dazu.‹ Nun, obwohl ich mich gehörig anstrengte, konnte ich mein Lächeln doch nicht ganz verkneifen.

Bryan und ich stellten uns vor:

»Sarah Winters.«

»Bryan Crawford.«

»Mein Name gefällt dir, Sarah, nicht wahr?«

Ohne auf eine Antwort zu warten, ging Mr. Brichtholzschneider ein paar Schritte zum Strand hinunter, nahm einen Stock in die Hand und schrieb.

»Kommt herüber!« rief er.

Und da stand es im Sand: Brichtholzschneider.

»Ein schöner Name«, sagte Bryan. »Wissen Sie, jemand hat einmal behauptet, je mehr Buchstaben der Name eines Mannes hat, desto bedeutender ist er. Mister Brichtholzschneider, Sie sind mit weitem Abstand der bedeutendste Mann, dem ich bisher in meinem Leben begegnet bin. Ist mir eine große Ehre.«

»Schon gut«, sagte er, »schon gut«.

Wir gingen zum Sportplatz zurück.

»Das ist Emerich«, erklärte uns der Vater, »mein Sohn«.

Und dann machte er einen Vorschlag: »Wie wär's mit einem Spielchen, Leute?«

»Fußball?« fragte Bryan und verzog das Gesicht, als ob er das runde Ding da essen müßte.

»Natürlich Fußball, was denn sonst?« antwortete Mister Brichtholzschneider.

»Wir spielen nur Rugby«, erklärte Bryan diesem Fremdling, »Rugby, schon mal davon gehört?«

Bryan und Fußball! Schließlich hatte er oft genug damit geprahlt, daß er nie Fußball spielen würde. Er sagt, daß sei ein Sport für Mädchen. Ich glaube, was ihn bei diesem Fußballspiel stört ist, daß man die anderen Spieler nicht zu Boden reißen darf. Beim Rugby darf man das. Sollten die beim Fußball mal die Regeln ändern, wird Bryan sich die Sache bestimmt noch mal überlegen. Aber an diesem Tag wurde aus dem Fußballspiel nichts.

Nun, da wir schon mal beim Quatschen waren, fragte ich, woher sie kamen und warum sie mit dem Boot so kreuz und quer durch die Welt segelten.

Und was antwortete Mister Brichtholzschneider?

»Es macht uns Spaß.«

Das war alles.

Ha, wenn jeder machen würde, was ihm Spaß bereitet. Aber nicht jeder heißt schließlich Brichtholzschneider. Bei so einem Namen hat man vielleicht besondere Rechte.

Wir erfuhren bei der Gelegenheit noch, daß sie aus Deutschland kamen und ungefähr zwei Monate hierbleiben wollten.

Bryan zeigte auf den Sohn, auf Emerich, der noch immer auf dem Rasen lag und gerade einen weiteren seiner Jubelschreie in die Welt hinausgebrüllt hatte. »Muß der nicht zur Schule?«

Ha, ha. Bryan und Schule. Er wollte nur sicherstellen, daß keiner der Schule entwischte. Wenn er da hinmuß, dann sollen alle anderen Kinder auch da hingehen müssen. Ja, das findet Bryan nur gerecht.

»Emerich ist ein Jahr von der Schule freigestellt«, erklärte uns Mister Brichtholzschneider. Als wir ihn dann immer noch sehr interessiert anschauten, fügte er hinzu: »Das bedeutet, daß Emerich ein Jahr lang nicht zur Schule zu gehen braucht.«

»Große Schweinerei«, brummte Bryan, »warum der und nicht ich?«

Mister Brichtholzschneider lachte nur. Er lachte übrigens immer sehr viel. Irgendwie sah der Mann glücklich aus. Und wie er zu sagen pflegte: »Es ist doch alles ganz einfach.«

Bryan war wirklich sauer. Wie die meisten Sportler findet er Gerechtigkeit und Fairness sehr wichtig. Und nicht nur auf dem Sportplatz. Nein, das gilt auch für das Leben im allgemeinen. Und das Lachen von Mister Brichtholzschneider reizte ihn nur noch mehr.

Aber der verstand, schlug Bryan tröstend auf die Schulter und sagte: »Die nächsten zwei Monate wird Emerich hier zur Schule gehen. Das ist bereits alles geregelt. Zufrieden?«

Und wieder lachte er laut und herzhaft. Wißt ihr, wo die meisten Menschen ein Problem sehen, da lachte der einfach, ja, der lachte das Problem einfach aus und schon war es verschwunden. Für Mister Brichtholzschneider war das alles ganz einfach.

Und tatsächlich, bereits am nächsten Morgen kam Emerich in unsere Klasse. Sein Vater und der Herr Direktor begleiteten ihn. Der Herr Direktor warf einen bösen Blick auf Mr. O'Conners. Aber gesagt hat er nichts.

Emerich schaute uns ziemlich mißtrauisch an. Nein, er schrie nicht vor Glück wie gestern auf dem Sportplatz.

Alle starrten wir auf seine Hose. Also, wirklich, bei den Göttern Neuseelands, so ein Ding hatten wir bisher noch nicht gesehen. Die gute Misses Beecham befreite uns schließlich von den Qualen der Neugierde.

»Sagen Sie, Mister Brichtholzschneider,« begann sie mit staunender Stimme, »was für eine äußerst interessante Hose.«

Und da war es wieder, dieses Strahlen in seinem Gesicht. Mister Brichtholzschneider glühte richtig vor Freude: »Das ist eine Lederhose«, erklärte er, »die wird aus Hirschleder hergestellt. Man braucht sie nicht zu waschen. Man braucht sie nicht zu bügeln. Sie geht nicht kaputt. Und sie sieht auch noch schick aus.«

Oh ja, wir waren tief beeindruckt. Und die Hose roch auch noch so interessant.

Misses Beecham brauchte nicht lange nachzudenken, wo sie den Jungen aus Deutschland hinsetzen sollte. Es gab lediglich noch zwei freie Plätze. Neben Mr. O'Conners und neben Henderson. Henderson wußte sofort, daß nur er in Frage kam. Er lächelte zufrieden. Dieser Neue war doch interessant.

Vielleicht ein wenig komisch, zugegeben. Denn natürlich wußte Henderson inzwischen, daß Emerich gestern mit dem Rücken auf dem Sportplatz gelegen und wie von allen guten Geistern verlassen ohne jede Hemmung in den Himmel geschrien hatte. Na, wenn so einer nicht interessant war. Wir anderen hätten gern mit Henderson getauscht. Vielleicht kannte der Neue auch Tricks oder wußte von tollen Abenteuern zu berichten. Es mochte auch gut sein, daß er uns Spielsachen mitgebracht hatte, die wir noch nicht kannten.

Henderson musterte Emerich ganz genau. Nein, der sah nicht so aus, als würde er sich für Roboter interessieren. Und das war natürlich schade.

Schon seit langem stand es für Henderson fest, daß er eines Tages Roboter bauen würde. Alle wußten davon. In der Pause las Henderson Zeitschriften und Bücher, die alle nur ein einziges Thema hatten. Und eine von diesen Zeitschriften kam gar aus Frankreich. Oh, Henderson hat in dieser Zeitschrift aus Frankreich bestimmt nicht nur die Bilder angesehen.

Sollte einer von euch sich für das Thema Roboter interessieren und sich auch gut auskennen, Henderson wäre der ideale Freund. Wir vermieden es, mit Henderson darüber zu sprechen. Man kam sich einfach dumm vor. Und das ist kein angenehmes Gefühl. Ja, auf diesem Gebiet, auch auf diesem Gebiet, war uns Henderson haushoch überlegen.

Einmal hatte Henderson uns erklärt: »Mein erstes Ziel als Wissenschaftler wird es sein, einen Roboter zu bauen, der die Denkfähigkeit von einer Milliarde Menschen hat. Erst dann können wir wirkliche Fortschritte machen. Die Möglichkeiten des menschlichen Gehirns sind doch ziemlich erschöpft.« Sein eigenes Gehirn hätte er sicherlich davon ausgenommen.

Nun, Misses Beecham wies tatsächlich auf den Platz neben Henderson, als sie den Neuen bat, sich zu setzen.

Alle Augen waren auf Emerich gerichtet.

Und um die Wahrheit zu sagen: Wir waren enttäuscht. Der Junge aus Deutschland sah völlig harmlos aus. Der würde bestimmt nicht unsere etwas verstaubte und verträumte Schule aufmischen.

Ich habe ihn an diesem ersten Morgen in der Schule genau beobachtet. Emerich verfolgte den Unterricht mit offenen Augen. Und er lächelte in der Art seines Vaters. Aber er sagte kein einziges Wort.

Am nächsten Tag brachte Emerich zwei runde Bälle zur Schule mit. Jeweils ein Ball steckte in einem Ballnetz. Eines dieser Netze hatte er an seinem Rucksack festgemacht. Das andere hielt er mit ausgestrecktem Arm so, daß er mit dem rechten Fuß gegen den Ball treten konnte. Und das machte er sehr gut. Die letzten Minuten vor Schulbeginn hatte er das Netz am Basketballkorb auf dem Schulhof festgebunden. Davon haben wir ungefähr zehn auf dem Schulhof. Und dann trat Emerich gegen den Ball, kickte ihn immer höher und höher und traf den Ball fast immer voll mit dem rechten Fuß. Erst als es klingelte, kletterte er an dem Pfahl hoch und löste das Netz vom Korb.

Piffy stand am Eingang und hielt nach Bryan Ausschau. Einhundert Dollar hatte Piffy gewettet, daß bis Ende des Jahres ein Hai Bryan angreifen würde.

Aber auch heute morgen kam Bryan wie jeden Morgen im leichten Trab auf den Schulhof gelaufen.

»Wie war das Wasser heute morgen?« fragte Piffy.

»Gut. Wirklich gut«, antwortete Bryan, »ein bißchen kühl, aber sonst: wirklich gut.«

»Bist du weit rausgeschwommen?«

»Bis zur Felseninsel und zurück.«

»Und?«

»Kein Hai.«

»Schade.«

»Und ich sage dir, Piffy, wenn du Ende des Jahres die hundert Dollar nicht bereit hast, dann wirst du Ärger bekommen. Richtig Ärger.«

»Na, noch ist viel Zeit, Bryan.«

»In der Bucht ist noch nie ein Hai gesehen worden.«

»Aber es ist doch eine interessante Wette.«

»Quatsch, komm, laß uns reingehen. Wir sind spät dran.«

Jeden Morgen, vor dem Unterricht, wenn nicht gerade ein Sturm wütet, schwimmt Bryan entweder zur Felseninsel hinüber oder von dort zum Strand zurück. Das hängt davon ab, ob Ebbe oder Flut ist, denn er schwimmt immer mit den Gezeiten.

Bryan hat ein kleines rotes Dinghi, das ihm sein Großvater vor zwei Jahren geschenkt hat. Vorne am Bug hat er ein Brett festgeschraubt, auf dem er jeweils eine kleine Boje festhakt. Eine grüne, wenn er will, daß die Fischer sein Boot zur Felseninsel mitnehmen, eine rote, wenn das Boot am Strand liegenbleiben soll. Auch wenn die Temperatur im Winter bei uns mal bis auf fünf Grad fallen sollte, schreckt das Bryan nicht ab. Je härter die Bedingungen, desto besser. Denn Bryan spielt gerne den starken Mann und den tapferen Helden. Dann redet er etwa so: »Wenn du ein richtiger Kerl bist, dann hast du nur das Ziel vor Augen, immer nur das Ziel, und du willst das Ziel erreichen, unbedingt, und du erreichst es auch, egal wie schwierig es ist. Wenn du ein richtiger Kerl bist.«

Bryan hatte es uns oft genug gesagt, daß es in unserer Klasse nur einen richtigen Kerl gab. Und das, obwohl er den anderen Jungens schon oft versprochen hatte: »Jungs, ich mach' aus euch richtige Kerle.«

Vielleicht war das nicht so einfach. Aber ich bin sicher, die meisten interessierte das gar nicht. Vielleicht aber wollte Bryan auch gar nicht. Wahrscheinlich wollte er den anderen immer nur klarmachen, daß es, trotz aller Anstrengung, doch nur einen einzigen richtigen Kerl in unserer Klasse gab. Warum sollte er diesen schönen Zustand ändern? Schließlich war er doch so stolz darauf.

Als Emerich am nächsten Tag auf seinem Platz neben Henderson saß, hatte das allgemeine Interesse an ihm bereits stark nachgelassen. Ja wirklich, er sah einfach zu harmlos aus. Kein Kerl wie Bryan, keine Geistesrakete wie Henderson und nicht einmal ein Größenwahnsinniger wie Mr. O'Conners. Durchschnitt. Nicht mehr. Und gibt es etwas schlimmeres als Durchschnitt? Was soll man von solchen Typen berichten, die einfach nur so vor sich hinleben, ohne etwas Besonderes zu tun oder ohne etwas Besonderes zu sein?

Aber dennoch – immerhin – Emerich hatte diese beiden Bälle mitgebracht. Und er konnte damit umgehen. Das hatten wir schon gesehen.

Und Piffy hatte es voller Häme Bryan gesteckt: »Der kann mit dem Ball umgehen wie ein Gott.«

»Mit welchem Ball?« hatte Bryan geflucht, »ich sehe keinen Ball.«

»Ich wette zehn Dollar, daß du den Ball schon noch sehen wirst. Hältst du dagegen?«

»Scher dich zum Teufel. Wie kann man nur so scharf auf Knete sein?«

»Jeder hat seine Talente. Du bist ein wenig besser als ich im Rugby, und ich bin dir haushoch überlegen in Geldsachen. So ist das…«

»Red keinen Mist. Du brauchst die Hilfe von Haifischen. Die habe ich bestimmt nicht nötig, Mister Raffke.«

Piffy hätte es ihm gern heimgezahlt, aber Misses Beecham rief sie bereits zum dritten Mal zur Ordnung. Und die beiden wußten, daß nach drei Ermahnungen sogar die Engelsgeduld von Misses Beecham keine drei Gramm mehr wog.

Piffy hatte recht.

Natürlich stierte Bryan immer wieder mal nach dem Platz von Emerich. Rechts und links an seinem Stuhl hingen die Ballnetze. Wie konnte man die übersehen?

»Morgen werde ich vier Ballnetze mitbringen, Fremdling, ich verspreche es dir«, knurrte Bryan so laut, daß ich es auf meinem Platz hinter ihm ganz deutlich verstehen konnte.

Nun, es war nur eine Frage der Zeit, bis Misses Beecham diese Frage stellte, nach der Piffy sich so sehnte. Und tatsächlich. Gleich nachdem Henderson seine Fragen abgeschossen hatte und ein paar dürftige Antworten dafür bekam, sprach Misses Beecham sehr langsam und mit sehr deutlicher Aussprache Emerich an. So etwa wie man ein kleines Kind anspricht.

»Was hat es denn mit den runden Bällen auf sich?« fragte sie.

Ha, sie war ganz schön erstaunt, als Emerich den Mund aufmachte und fast genauso gut Englisch schnatterte wie wir.

Emerich behauptete, daß jeder Ball rund sei. »Sonst ist es kein Ball.«

Oh, oh. Das hätte er nicht sagen sollen. Bryan rutschte ziemlich unruhig auf seinem Platz hin und her. Und auch die anderen Jungen wären bestimmt gern aufgestanden und hätten ihm einen anderen Ball an den Kopf geworfen, damit er vielleicht zu Verstand gekommen wäre. Leider, leider hatte keiner von ihnen einen Rugbyball zur Hand. Keiner, so verzweifelt sie sich auch in der Klasse umschauten.

Falls ihr es nicht wissen solltet: Ein Rugbyball sieht aus wie ein Ei. Rund ist der nicht.

In seiner wütenden Verzweiflung stapfte Bryan auf die Tafel zu, einfach so, ohne jede Erlaubnis, warf von da vorn Emerich einen flüchtigen Blick zu, zog die Nase hoch und zeichnete über die gesamte Tafel. Dann fragte er langsam und deutlich, genauso wie Misses Beecham zuvor: »Was ist das?«

Emerich lächelte: »Ein Rugbyball.«

Schade. Die ganze schöne Aufregung war völlig umsonst. Und es hätte doch so eine prachtvolle Auseinandersetzung geben können.

Bryan war stinkend sauer: »Warum behauptest du dann erst, daß ein Ball rund ist?«

Emerich lächelte: »Tut mir leid. Ich habe mich geirrt.«

Darauf wußte Bryan nichts mehr zu sagen. Wie konnte der das nur einfach so zugeben, einfach so, und dabei auch noch lächeln?

»Zufrieden?« fragte Misses Beecham und wies mit ihrer rechten Hand auf Bryans Platz.

Als Bryan zu seinem Platz zurückstampfte, konnte ich es mir einfach nicht verkneifen, nachzufragen:

»Misses Beecham, wir haben noch keine Antwort auf Ihre interessante Frage, was es denn mit den beiden Bällen auf sich hat.« Ich hatte wieder ein wenig Holz aufs Feuer gelegt. Oh ja, es brannte jetzt sehr schön.

Und endlich durfte Emerich erklären: »Auf unserem Segelboot habe ich immer einen Ball in einem Netz an einem Mast aufgehängt. So trainiere ich Fußball. Wenn die See ruhig ist, hänge ich beide Bälle auf und trete abwechselnd mit dem rechten Fuß gegen den einen und mit dem linken Fuß gegen den anderen Ball. Das ist sehr schwer. Ich mußte lange üben. Aber inzwischen kann ich es recht gut.«

»Das ist sehr interessant«, bemerkte Misses Beecham, »und kannst du auch Fußball spielen, wenn du an Land bist?«

Emerich schaute sich in der Klasse um, lächelte herausfordernd: »Ich spiele bestimmt besser Fußball als ihr alle zusammen.« Oh, er grinste Bryan direkt ins Gesicht. »Ja, ich bin ein sehr guter Sportler. Man könnte sicherlich auch sagen: Ich bin ein ausgezeichneter Sportler. Ja, das könnte man sagen.«

»Emerich«, Misses Beecham sprach ganz leise, »hast du schon einmal von der Tugend der Bescheidenheit gehört?«

»Natürlich, Misses Beecham. Und ich kann behaupten, ich bin einer der bescheidensten Menschen auf der ganzen Welt. Aber ich gebe zu: Zuallererst bin ich ein ausgezeichneter Sportler.«

Die Jungen sahen rot. Bryan hielt es kaum auf seinem Stuhl. Dieser Fremdling, dieser Gnom, dieser unscheinbare Bursche hatte den Mund verdammt vollgenommen.

Henderson wollte wissen, welcher Luftdruck in so einem runden Ball herrschte. Aber für solche Fisimatenten hatte jetzt beim besten Willen keiner Verständnis.

Und da geschah … ein Wunder.

Mr. O'Conners reckte die rechte Hand nach oben. Zum ersten Mal meldete der sich. Es dauerte ein paar

Sekunden, bevor ich merkte, wie seltsam ruhig es plötzlich geworden war. Alle Augen richteten sich auf Mr. O'Conners. Piffy konnte es einfach nicht mehr aushalten: »Misses, Misses Beecham ..., Euer Gnaden, unser verehrter, hoch geliebter Mr. O'Conners bittet schon eine geraume Weile verzweifelt um die Ehre, das Wort ergreifen zu dürfen.«

Keiner lachte. Wir wollten alle nur wissen, was Mr. O'Conners nach zwei Monaten Schweigen der Welt mitzuteilen hatte.

Misses Beecham sagte: »Bitte« und nickte Mr. O'Conners zu. Und dann sprach er, tatsächlich, er sprach zu uns: »Um diese dümmliche Diskussion abzubrechen, die diesen fürchterlichen Lärm ausgelöst hat, gestatten Sie mir bitte, Misses Beecham und auch die anderen Damen und Herren, daß ich Sie darüber informiere, daß ein Ball per Definition rund ist. Sollte unser allseits geschätzter Kollege Henderson in dieser Angelegenheit in sich gehen und seinen brillanten Geist dem Thema widmen, wird er zweifellos zu dem gleichen Ergebnis kommen. Und, Misses Beecham, wenn Sie bitte für ein wenig mehr Ruhe und Ordnung sorgen könnten.«

Also sprach er.

Und auf einmal redeten, schimpften, lachten alle durcheinander. Misses Beecham schrie, ja, schrie: »Ruhe!!!!«

Dann ging sie zum Schrank neben der Tafel, holte eines dieser dicken Bücher hervor, las darin sehr konzentriert, nahm noch ein Buch dazu und schließlich gar ein drittes. Und dann, dann blickte sie auf. Sie sah Hendersons linke Hand, wie sie sie schon unzählige Male gesehen hatte: Nur ein ganz wenig hochgehalten, so als wollte er schwören. Es mußte sie einfach interessieren, ob Henderson auch bei dieser Sache richtig gedacht hatte. Es war die unwiderstehliche Neugier.

»Nun Henderson, was sagst du?«

Klar und deutlich und laut sprach Henderson sein Urteil: »Ein Ball ist ein Ball, wenn jeder Punkt seiner Oberfläche den gleichen Abstand zum Mittelpunkt hat.«

Alle starrten ihn fragend an. Henderson holte tief Luft, hatte Mitleid mit diesen armen Würstchen: »Daraus folgt, daß nur ein wirklich runder Ball Ball genannt werden darf.« Er schaute Misses Beecham ohne einen Hauch von Unsicherheit in seinen Augen an.

»Henderson hat recht«, bestätigte sie und nickte bestimmt zwanzig Mal.

Die Sache war entschieden.

Keiner sagte mehr ein Wort zu dem Thema.

3

Es war an einem Dienstag morgen. Von Westen her drohte der Himmel mit schwarzen Wolken. Aber es zog kein Sturm herauf. Nein, nur eine mächtige schwarze Stille drückte auf unsere Welt. Und dann dieses Grau. Ja, dieses dunkle Grau der See habe ich immer vor Augen, wenn ich an jenen Tag denke.

Natürlich hatten wir uns keine besonderen Gedanken gemacht, als Bryan um acht Uhr noch nicht an seinem Platz saß. Obwohl – solange ich zurückdenken konnte – Bryan immer pünktlich an seinem Platz gesessen hatte. Schließlich gehört auch Disziplin zu seinen Tugenden als Sportler.

»Man muß sich quälen können«, pflegte Bryan damals zu sagen, »auch wenn es weh tut. Nur nicht nachgeben, immer weiter und weiter, nein, auf keinen Fall nachgeben.«

Als Bryan auch zu Beginn der zweiten Stunde noch nicht erschienen war, schaute Misses Beecham irgendwie beunruhigt zu seinem Platz hinüber.

»Weiß jemand etwas über Bryan?« fragte sie mit sorgenvoller Stimme. Sie mochte Bryan. Auch wenn er nicht der Klügste war, immer gab er sein Bestes, strengte sich an, lernte fleißig, tat meistens mehr als nötig, fragte, wenn er etwas nicht verstand, und er sorgte auch schon mal für Ruhe.

In der Pause flachste Piffy: »Jungs, ich sage euch, ich bin um einhundert Dollar reicher geworden. Es waren die ... Haifische.«

»Verrat uns doch mal«, fragte ich, »wie du an die einhundert Dollar herankommen willst. Meinst du vielleicht, Bryans Eltern werden dir das Geld geben?«

Daran hatte Piffy anscheinend bisher noch gar nicht gedacht.

Misses Beecham kam hinzu. Sie sagte zwar nichts, aber sie hatte diesen Blick, der uns beschämte. Nein, es waren keine Worte nötig.

Sie hastete ins Lehrerzimmer. Ich konnte von draußen sehen, wie sie vorne bei der Sekretärin des Direktors telefonierte. Und sie wurde immer aufgeregter, je länger sie sprach. Als sie herauskam, warteten wir schon an der Tür.

»Die Eltern wissen nicht, wo Bryan ist. Sie werden die Polizei alarmieren. Irgendetwas muß mit ihm passiert sein ...

Und jetzt geht wieder in die Klasse. Der Unterricht hat bereits angefangen. Mr. Stewart wartet auf euch. Sobald ich etwas Neues weiß, sage ich euch Bescheid.«

Bryan tauchte nicht auf. Was um alles in der Welt war nur passiert? Und warum nur ließ Misses Beecham nichts von sich hören? Da saßen wir nun im Unterricht und dachten an alles andere als an Mathematik. Mr. Stewart schrieb Zahlen an die Tafel, schrieb und schrieb in einem solch rasanten Tempo, daß man die Staubwolken der Kreide sehen konnte. Dabei sprach er unaufhörlich zu sich selbst: »Nun, das ist wirklich eine ungemein vertrackte Aufgabe, Stewart, ob du da wieder rausfindest? Also, frisch gewagt ..., na also, das sieht doch schon mal gar nicht so schlecht aus ..., ach Stewart, großartig machst du das ..., und jetzt noch ..., so Kinder, ich weiß, ihr könnt es gar nicht abwarten, mit Fragen auf mich einzuschlagen ..., gleich, gleich ..., so ..., dreimal unterstrichen, voilà! Da steht das Ergebnis. Gut gemacht, Stewart.« In seinem Zahlendurchfall hatte es Mr. Stewart mal wieder geschafft, in etwa fünf Minuten die gesamte Tafel von rechts nach links und von unten nach oben mit seinen kaum leserlichen Zahlen zuzupflastern. Er drehte sich um, strahlte selbstzufrieden, so als habe er uns gerade mit seiner Zahlenwursterei etwas höchst Außergewöhnliches vorgezaubert. »Und jetzt wiederholen wir das Ganze noch einmal. Wer möchte anfangen?«

Die Frage war momentan so überflüssig wie der Unterricht überhaupt. Trotz der großartigen Vorstellung, die wir ansonsten sehr zu schätzen wußten. Doch, durchaus. Aber nicht heute. Nein, Mr. Stewart hatte nicht mitgekriegt, daß wir nur auf den Schulschluß warteten. Als sich auf seine Frage niemand meldete, verblaßte allmählich das Strahlen in seinen Augen. Und schließlich fiel ihm nichts weiter ein, als Henderson aufzufordern.

»Also los, Henderson, dann mach mal«, leierte er die Worte heraus. Ja, Mr. Stewart hatte Übung in diesem Satz.

Als Henderson fertig war, löschte Mr. Stewart die Tafel, baute sich vor uns auf, stemmte die Hände in die Hüften und ließ seinem Jammer freien Lauf: »Wenn ihr dumm sterben wollt, ist das euer Problem. Aber schade wäre es trotzdem ...«

In dem Schweigen hörte ich diese Worte im Raum hin- und herschwingen, immer und immer wieder. Ja, doch, der Stewart hatte Mut. So etwas würde sonst keiner der Lehrer sich zu sagen trauen. Nur ..., völlig überflüssig.

Es war Emerich, der dann schließlich den Mumm hatte, Mr. Stewart aufzuklären: »Bryan ist verschwunden, wir machen uns große Sorgen und möchten zum Strand hinüber ...«

»Ach«, antwortete Mr. Stewart ein wenig überrascht, dachte nach, kratzte sich am Kinn und dachte noch eine Weile, bevor er uns die Früchte seiner Denkerei mitteilte: »Ich verstehe euch, ich verstehe euch sogar sehr gut. Aber ich bin sicher, daß die Polizei und der Rettungsdienst sich längst der Sache angenommen haben. Ihr würdet da im Augenblick bestimmt nur stören. Also, wenn ihr es ruhig und logisch betrachtet, werdet ihr einsehen, daß es am besten für euch ist, jetzt die Zeit der Mathematik zu widmen und nachher zum Strand zu gehen … Einverstanden?«

Nicht einmal Henderson nickte, was Mr. Stewart eigentlich wirklich als sehr schlechtes Zeichen hätte deuten müssen. Aber er wippte mit seinen elastischen Schritten unverdrossen zurück zur Tafel und tobte sich dort für den Rest der Stunde aus, ohne auch nur noch ein einziges Mal eine Frage zu stellen.

Sobald es klingelte, packten wir unsere Sachen und stürmten einfach los. Wenn es notwendig gewesen wäre, hätten wir den Lehrer über den Haufen gerannt, gnadenlos. Die Anspannung der letzten Stunden brach aus uns heraus. Jetzt konnte uns niemand und nichts mehr aufhalten. So schnell wir konnten, eilten wir auf die andere Seite der Halbinsel.

Am Strand standen zwei Polizeiwagen unter den großen Palmen, und Traktoren schoben gerade mehrere Boote auf ihren Anhängern ins Wasser. Ich sah Bryans

Eltern, die mit einem der Polizisten sprachen. Henderson guckte mit seinem Fernglas aufs Meer hinaus. Aber mehr als wir anderen konnte er auch nicht sehen: Zwischen der Felseninsel und dem Strand suchten Männer und Frauen in kleinen Booten nach Bryan. Und ein Hubschrauber flog ziemlich tief über dem Wasser.

Ich ging zu Mr. und Misses Crawford, die auf dem kleinen roten Dinghi saßen, das die Leute inzwischen von der Felseninsel herübergebracht hatten, und fragte vorsichtig und leise, ob sie schon irgendetwas wüßten. Misses Crawford hatte ganz verweinte Augen, die fast unentwegt aufs Meer hinausstarrten.

»Nein, Sarah«, antwortete Mr. Crawford und schüttelte langsam den Kopf, »wir haben lediglich seine Sachen hier am Strand gefunden. Und das Dinghi, das die Fischer bereits gestern auf der Felseninsel zurückgelassen hatten. Aber Bryan …, er ist nicht auf der Insel …, nein, leider ist er nicht auf der Insel.«

Er klopfte mir auf die Schulter, so als wollte er mir Mut machen. Man ist elendig hilflos in so einer Situation. Was sollte ich noch sagen? Ich wußte es nicht. Also ging ich wieder hinüber zu den anderen und berichtete ihnen, was ich erfahren hatte.

Piffy ging nach Hause, um seinen Vater zu bitten, bei

der Suche zu helfen. Und es dauerte auch keine Stunde, bis das Boot vor dem Strand auftauchte. »Wollt ihr mitkommen«, rief Piffy aufgeregt zu uns hinüber. Natürlich wollten wir. Laura, Stephen, Alan und ich wateten durch das Wasser zum Boot hinüber und kletterten über die Außenleiter an Bord.

»Wohin?« fragte Piffys Vater. Alle zuckten mit der Schulter. »Hm«, knurrte er, startete den Motor und drehte das Boot zum Meer hinaus. Wir fuhren in weitem Bogen um die Felseninsel herum, suchten mit den Ferngläsern das Wasser ab und warteten auf ein Wunder.

Nach etwa einer Stunde konnte es Piffys Vater nicht mehr aushalten: »Kinder, so weit ist es schließlich auch nicht zwischen der Felseninsel und dem Strand. All die Boote …, und jetzt sind wir schon zweimal im großen Bogen um die Insel gefahren …«

Keiner sagte dazu ein Wort.

»Na schön«, brummte Piffys Vater, »an mir soll es nicht liegen.«

Erst spät am Abend, als sich die Dunkelheit schwer über das Wasser gelegt hatte, wurde die Suche nach Bryan eingestellt.

»Morgen früh versuchen wir es noch einmal«, sagte Piffys Vater, als wir an den Strand wateten. Man merkte an seiner Stimme, daß er inzwischen seine Worte bereut hatte.

Bryans Mutter stand noch immer da. ›All diese Stunden …‹ dachte ich. Und sie würde wahrscheinlich die ganze Nacht hier draußen bleiben. Es war schrecklich. Ab und zu schweifte ihr Blick nach oben in den klaren Himmel. Die ersten Sterne funkelten schon. Vielleicht würde einer von ihnen auf Bryan achtgeben.

Wir wollten nicht nach Hause. Was sollten wir dort? Nein, wir wollten lieber hierbleiben.

»Laßt uns ein Feuer machen«, schlug Henderson vor, der am Strand zurückgeblieben war. Wir sammelten Treibholz, machten ein Feuer und setzten uns so, daß wir aufs Meer hinausschauen konnten. Später kamen auch Bryans Eltern zu uns, blieben eine Weile und gingen dann wieder am Strand entlang.

Dann und wann nickten wir ein wenig ein, aber nicht für lange Zeit. Nein, die Unruhe hatte uns gepackt, die Unruhe, die sich nach dem Tag sehnte. Und wir wollten auf keinen Fall verpassen, wenn der Tag anbrach. Aber bis dahin waren es noch lange Stunden. Fasziniert beobachtete ich im fahlen Licht des Feuers das Spiel der Muskeln meiner Hand, beobachtete, wie die Funken des Feuers nach oben stiegen und konnte mich nicht sattsehen an dem Flackern der Flammen. Und über allem thronten die Sterne, die Grenzenlosigkeit der Welt, die überwältigende Unendlichkeit des Kosmos.

Wie selten doch kommt uns zu Bewußtsein, welch gigantische Entfernungen uns trennen von der Welt da draußen im All. Und erfüllt einen nicht auch die Weite des Meeres mit dieser staunenden Ehrfurcht? Dieses Meer, das jetzt so friedlich seine Wellen an den Strand atmete, dieses Meer, das sich jetzt ganz leise machte und mit sanftem Rauschen unsere Seelen beruhigte, die doch so aufgewühlt waren. Ja, sagte ich mir, bei Gott, das Leben ist schön, es ist faszinierend schön. Und wie wunderbar ruhig wird man doch, wenn die Müdigkeit sich im Körper ausbreitet und immer schwerer und schwerer wird.

Also redeten und dachten und träumten wir mit den Stunden dieser Nacht.

Doch dann, endlich, riß die Sonne den schwarzen Himmel auf, leuchtete, matt noch, in den neuen Tag. Aber schon konnten wir aufs Meer hinaussehen. In den Booten holte man die Anker ein. Das Knattern eines Hubschraubers kam schnell näher. Und schon schwebte der Chef der Küstenwache in dem Helicopter über den Booten, gab durch den Lautsprecher an den Kufen seine Anweisungen, teilte die Boote ein und schickte sie dann auf den Weg. Es war erst kurz nach fünf Uhr.

Nun sollte ein wesentlich größeres Gebiet in die

Suche einbezogen werden. Alle wußten, wenn es überhaupt noch eine Chance für Bryan gab, dann mußten wir ihn bis zum Abend finden.

Piffys Vater hatte uns bei Anbruch des Tages am Strand eingesammelt. Sandwiches hatte er mitgebracht, heißen Tee und Obst. Ich schaute mich um. Obwohl wir doch alle todmüde sein mußten, kämpfte keiner mit dem Schlaf.

»Nun fahr schon!« forderte Piffy unruhig seinen Vater auf.

»Wohin?« fragte der traurig.

»Raus, weit raus«, sagte Piffy zornig, »ich zeig' es dir schon ...«

Keiner widersprach.

Piffy ergriff entschlossen das Steuer. Sein Blick war wütend und traurig. »Paßt gut auf«, rief er uns zu.

Wir starrten auf das Wasser. Unsere gereizten Augen flackerten ein wenig, aber sie suchten hungrig nach einem Zeichen von Leben, nach dem Leben eines Freundes.

»Bryan, Bryan«, rief ich in mich hinein. Doch keine Stimme gab Antwort.

Die Stunden vergingen.

Auf einmal schrie Piffy laut und lang auf. Er gab Vollgas. Das Boot machte einen Sprung, klatschte auf die Wellen.

»Nein …«, schrie Piffy, weinte und schrie, immer und immer wieder, »nein …, um Gottes Willen …, nein…«

Sein Vater sprang auf ihn zu, riß ihm das Steuer aus der Hand, nahm das Gas zurück und befahl mir: »Sarah, halt den Kurs!«

Dann drückte er Piffy an seine Brust, Piffy, der jetzt hemmungslos weinte.

»Paß bloß auf«, rief mir Alan zu, aber das war völlig überflüssig. Es dauerte eine lange Zeit, bis Piffy sich wieder gefangen hatte. Aber auch dann wich sein Vater nicht von seiner Seite. Er hatte Angst um seinen Sohn, und er fühlte wohl, daß Piffy ihn brauchte. Ich hielt den Kurs. Es war ein schönes Gefühl, ein Boot zu lenken. Manche Menschen haben das Leben mit einem Boot verglichen. Auch das Leben muß man lenken, sonst kommt man nicht an das Ziel, das man sich gesetzt hat. Ja. Aber damals wußten wir leider nicht, welcher Kurs wohl der richtige war. Ich manövrierte das Boot einfach immer weiter aufs Meer hinaus. Vielleicht hatte eine Meeresströmung Bryan ergriffen und ihn weit hinausgetragen?

Ach, man ist so unsagbar hilflos. Und trotzdem, trotzdem redet man sich ein, daß es noch eine Chance gibt. Ja, die Meeresströmung, mochte sein, daß sie Bryan mit in die Weite des Ozeans hinausgezogen hatte. Mochte sein. Und vielleicht konnte er sich an einem

Holzstamm festhalten, der in seiner Nähe schwamm ... Es war sehr unwahrscheinlich, aber wer wollte das schon wissen in solch einer Situation? Also fuhren wir und fuhren wir ..., immer weiter vom Land fort.

Erst am späten Nachmittag mußten wir einfach einsehen, daß Bryan unmöglich so weit draußen auf dem Meer sein konnte. Wir kehrten um. Niedergeschlagen und ohne einen Funken Hoffnung.

Dann, gegen Abend kam einer der Hubschrauber zu uns herübergeflogen. Der Pilot sprach über den Lautsprecher zu uns: »Wir haben ihn gefunden, ich wiederhole: Wir haben Bryan gefunden, er lebt und ist nur leicht verletzt.«

Großer Gott! Wir lagen uns alle in den Armen, heulten, als hätten sie Bryan tot gefunden. Aber es waren Tränen der Freude. Ja, ich gebe zu: Ich hatte nicht mehr daran geglaubt, daß Bryan noch leben könnte. Und wahrscheinlich dachten das alle anderen auch.

Draußen auf der Shanty-Insel hatten sie Bryan gefunden. Wer hätte damit gerechnet? Die Shanty-Insel liegt ungefähr drei Kilometer hinter der Felseninsel. Aber warum nur hatten sie Bryan dort nicht schon früher gefunden? Obwohl es unwahrscheinlich schien, ihn dort zu finden, hatte der Hubschrauber mehrmals die Küste der Shanty-Insel abgesucht. Nein, so richtig erklären konnten wir uns das alle nicht. Aber egal. Was letzten Endes zählte, war einzig und allein, daß Bryan lebte und daß es ihm gut ging. Seine Schulterverletzung war nicht schlimm. Er würde nur ein paar Tage Ruhe brauchen.

Trotzdem, die Fragen über Bryans wundersame Rettung wurden drängender und drängender. Misses Beecham wußte am nächsten Tag mehr als sie sagte. Ich spürte, daß sie uns irgendetwas verheimlichte. Und sie brach auch bald das Gespräch über die Rettung Bryans ab.

Nun, wie das so ist: Bald verbreiteten sich Gerüchte, Vermutungen. Manche behaupteten, Bryan sei absichtlich zur Shanty-Insel hinausgeschwommen und habe sich dort versteckt, bis er gefunden werden wollte.

»Der Angeber!« rief Henderson, und keiner widersprach.

Als Bryan am Montag wieder in die Schule kam, gab es keine überwältigende Begrüßung, keinen Beifall und keine Umarmungen. Misses Beecham sagte nur kurz: »Wir freuen uns, Bryan, daß du wieder bei uns bist. Wir haben uns alle große Sorgen um dich gemacht, sehr große Sorgen …«

Sie machte eine lange Pause, holte dann tief Luft,

nickte mit dem Kopf, blies die Luft in den Raum, drehte sich um und ging auf die Tafel zu. Und in ihre Gedanken versunken, sagte sie ziemlich leise: »Henderson …, Henderson, schieß los.«

Misses Beecham ahnte, fürchtete, was auf sie zukam. Und Henderson enttäuschte sie nicht.

Ihn mußten damals gewisse Alpträume plagen, denn in jenen Tagen hatte er jeden Morgen nur ein einziges Thema: »Misses Beecham«, begann er mit angstverzerrtem Gesicht, »die Außerirdischen haben mich letzte Nacht wieder in meinen Träumen besucht. Sie sagten, sie hätten mich vor sieben Jahren schon einmal besucht. Die gestern nacht da waren, sagten, daß sie nur alle dreizehn Jahre vorbeikommen …«

Henderson schaute Misses Beecham an, die ihr Schicksal tapfer ertrug.

»Und?« fragte sie unruhig.

»Nun, Misses Beecham, wieso gibt es Außerirdische, die alle sieben Jahre auf die Welt kommen, und andere, die uns nur alle dreizehn Jahre besuchen?«

Arme Misses Beecham. Wenn sie wenigstens in Hendersons Träumen dabeigewesen wäre.

Nicht wahr, das fehlt uns noch, so eine Maschine, die uns erlaubt, die Träume anderer Menschen zu beobachten. Bei Henderson wäre das sicherlich extrem interessant. Darauf würde ich eine verdammt große Stange Geld wetten.

Nun, Misses Beecham hatte Hendersons Träume nicht beobachten können, und wahrscheinlich hatte sie bisher noch nie Besuch von Außerirdischen gehabt. Aber sie war unsere Lehrerin. Sie war uns eine Antwort schuldig. Wir warteten, was sie dazu zu sagen hatte. Nein, Misses Beecham gab nicht sofort auf. Sie dachte nach und wir …, wir warteten.

Aber Misses Beecham hatte Glück. Emerich sprang ihr bei: »Deine Außerirdischen sind doch verdammt langweilige, schlaffe, ausgeleierte Typen. Und unhöflich, extrem unhöflich. Jeder einigermaßen höfliche Außerirdische würde an der Haustür klingeln, sich vorstellen und dann sein Sprüchlein aufsagen …«

Henderson lief rot an. Daß ihm einer widersprach, das, das war er nicht gewohnt: »Was weißt du schon von Außerirdischen? Mit solchen Typen wie dir würden die nie Kontakt aufnehmen. Du verstehst sie einfach nicht!«

»Unhöflich, extrem unhöflich«, wiederholte Emerich, »und dauernd unsichtbar. Auch das ist extrem unhöflich. Wir sollten die Außerirdischen Außerirdische sein lassen und uns endlich mal um die Innerirdischen bemühen. Vielleicht sind die freundlich, friedlich und höflich.«

Ich sah, wie Mr. O'Conners die Ohren spitzte. Alle waren mucksmäuschenstill. Warum sprach Emerich nicht weiter?

Henderson schüttelte sich vor Lachen, zumindest tat er so.

In Wahrheit war er selbst neugierig. »Die …, die was …?« stotterte er heraus und versuchte, dabei witzig zu wirken.

»Sei ruhig«, sagte ich, »laß Emerich weiterreden.«

»Also«, sagte Emerich ein wenig verlegen wegen seines großartigen Erfolgs, »also, ich wollte nur vorschlagen, daß wir uns endlich einmal um die innerirdischen Wesen kümmern, die tief in der Erde leben. Niemand hat sich bisher groß mit ihnen beschäftigt. Nur in manchen Märchen tauchen sie auf. Es wird höchste Zeit, daß wir uns um unsere Nachbarn unter unseren Füßen kümmern.«

Na, das war eine interessante Diskussion. Ich schaute dann und wann zu Bryan hinüber. Er sah traurig aus. Keiner interessierte sich für ihn. Wo er doch so viel erlebt hatte. Ja, so viele großartige Dinge hätte er berichten können, so viele großartige, spannende Geschichten. Nur, keiner schenkte ihm seine Aufmerksamkeit. Nein. Die redeten lieber über außerirdische und innerirdische Wesen. Wahrscheinlich fragte er sich, ob all die Mühe vergebens gewesen war. Hatte sein Abenteuer keinen Eindruck gemacht, nichts bewirkt?

Nun, das konnte man nicht sagen. Denn daß Bryan zur Shanty-Insel hinübergeschwommen war und trotz seiner Schulterverletzung eineinhalb Tage dort ausgeharrt hatte … Natürlich war das eine großartige Leistung, und natürlich hatte uns diese Tat trotz alledem tief beeindruckt. Und alle wußten, daß niemand in unserer Klasse außer Bryan das wagen und niemand außer Bryan das schaffen würde. Ja, wir wußten ganz genau, was für eine ungeheure Tat Bryan da vollbracht hatte. Aber wir bekamen es in der Pause trotzdem noch einmal gesagt:

»Vier Stunden habe ich gebraucht«, prahlte Bryan so laut, daß es einfach jeder hören mußte, »vier verdammt harte Stunden, aber ich wollte einfach endlich einmal wissen, ob ich das packen würde, zur Shanty-Insel hinüberzuschwimmen.«

Keiner sagte was dazu. Bryan schaute sich verärgert um, drückte den Kopf nach oben, stellte sich dann vor Mr. O' Conners' Tisch und prahlte: »Keiner hier, keiner von euch würde das schaffen.«

Und da niemand diese Behauptung in Zweifel zog, wurde Bryan immer mutiger. Mr. O'Conners hatte er es gegeben. Jetzt mußte er nur noch mit Henderson wegen der Geschichte mit dem Ball abrechnen. »Henderson«, rief er nach vorn in die erste Reihe, »Henderson, sag, würdest du das schaffen?«

»Nein, würde ich nicht«, antwortete der schmächtige Bursche mit den flackernden Augen und den feinen

Gesichtszügen, »aber ich würde bestimmt dafür sorgen, daß man mich nach vier Stunden Schwimmen schneller findet, als das bei dir der Fall war. Hast du denn nicht daran gedacht, wie du zurückkommst?«

»Meine Schulter, Henderson, meine Schulter, ich war auf den Felsen am Strand ausgerutscht.«

»Und dann hast du dich versteckt?«

Bryan stürzte nach vorn. Aber blitzschnell stellte sich Emerich vor Henderson.

»Man kann nicht mit Prügeln gegen Worte ankämpfen«, sagte Emerich ganz ruhig, »Hendersons Frage ist doch berechtigt, oder etwa nicht?«

Bryan nickte. »Also, ihr Memmen, wer von euch will es versuchen …? He, Mr. O'Conners, wie wäre es mit Ihnen, sehr geehrter Herr?

Ihr Armleuchter. Im Bla, Bla seid ihr groß. Aber damit könnt ihr keinen Fisch fangen.«

Er schlug Mr. O'Conners auf die Schulter: »Schlapp, wampig, ohne Kraft. Kerl, du ißt zuviele Süßigkeiten. Was soll aus dir Schlappschwanz nur werden?«

Bryan griff in die Pralinenkiste, biß dann in eine von diesen Köstlichkeiten und verzog das Gesicht: »Ich sollte dich vielleicht mal richtig durchprügeln. Damit du merkst, daß du auch nur ein Mensch bist. Ja, ich würde dir damit einen richtigen Gefallen tun. Denn sonst wirst du eines Tages tatsächlich noch größenwahnsinnig.« Er schlug Mr. O'Conners noch einmal auf die Schulter, wesentlich kräftiger als vorher: »Mr. O'Conners, Sir«, sagte er ein paar Mal und salutierte dann in strammer Haltung: »Bitte gnädigst um Verzeihung, Sir! Ha, ha ...«

Misses Beecham stand in der Tür. Wir hatten sie gar nicht bemerkt. Und das Klingeln hatten wir überhört. Undenkbar eigentlich, daß man das Klingeln überhört.

Na, dachte ich, jetzt soll Mr. O'Conners ruhig so viele Pralinen über die Tischkante schieben, wie er will. Damit kann er jetzt keinen Eindruck mehr schinden. Dieses Mal hatte er eindeutig verloren.

Ach, wie oft habe ich mir schon dazu gratuliert, mich in die hinterste Reihe im Klassenzimmer gesetzt zu haben. Von hier hinten entgeht mir fast nichts.

Misses Beecham klatschte zweimal in die Hände, und wir schleppten uns zu unseren Stühlen.

»Wir werden kurz über unseren Ausflug zum Ninety-Mile-Beach sprechen, der ja nicht mehr so weit in der Ferne liegt«, sagte Misses Beecham.

Das war doch ein angenehmes Thema.

Der Ninety-Mile-Beach ist ein Strand an der Westküste, hoch im Norden Neuseelands. Der Strand ist zwar keine neunzig Meilen lang, aber aus irgendeinem Grund heißt er trotzdem so. Zugegeben, es ist ein außergewöhnlich langer Strand und riesig breit an manchen Stellen. Ein Ausflug, ja, und wir würden unser Angelzeug mitnehmen. Ein großartiger Spaß. Und Mr. Penny würde als zweite Aufsichtsperson mitkommen. Mit Lehrer Penny hatte man als Schüler keine Schwierigkeiten. Der hatte mit sich selbst genug zu tun.

»Penny«, so sagen wir manchmal, »hat irgendwann mal verpaßt, mitzukriegen, daß er inzwischen erwachsen ist.«

»Wir werden schon auf Penny aufpassen«, höhnte Piffy und biß dann fest die Zähne und Lippen aufeinander, genau wie Penny es immer machte. Wir grölten.

»Aufhören!« rief Misses Beecham, »ihr solltet euch schämen, euch so über Mister Penny lustig zu machen.«

Und damit brach sie das Gespräch über unseren Ausflug ab. Schade. Wo wir uns doch alle bemühten, das Thema bis zum Ende der Schulstunde am Kochen zu halten. Zu spät.

Misses Beecham ging an die Tafel und schrieb einen von diesen vertrackten Sätzen, die im richtigen Leben nie auftauchen.

»Sarah«, forderte sie mich auf, »analysier' die Satzteile.«

Kein Problem. Schließlich will ich Schriftstellerin werden. Da muß man doch wissen, was Subjekt, Prädikat und Objekt ist, wo man die findet, wenn man liest, und wo man die hinstellt, wenn man selbst schreibt. Muß ich wissen. Oder? Zumindest denke ich mir das.

4

Der nächste Tag war ein Dienstag. Genau eine Woche war vergangen, seit Bryan zur Shanty-Insel hinübergeschwommen war.

Daran mußte ich denken, als Misses Beecham nach der zweiten Pause zu uns sagte: »Mr. O'Conners hat gerade angerufen, ich meine den Vater von unserem Mr. O'Conners. Seit heute morgen ist Graham verschwunden. Als der Fahrer ihn zur Schule bringen wollte, hat man es bemerkt.«

Sie machte eine Pause und fragte dann: »Weiß jemand etwas dazu zu sagen ...?«

Wieder ließ Misses Beecham der Frage Zeit, auf uns einzuwirken. Aber keiner meldete sich. Und dabei gab es doch etwas, was Misses Beecham wissen mußte. Schließlich hob ich meine rechte Hand.

»Sarah?«

»Die sollten am Shakespeare-Strand suchen, Misses Beecham.«

Ich brauchte nichts hinzuzufügen. Misses Beecham nickte vor sich hin, ging zur Tür hinaus, kam aber noch einmal kurz zurück: »Bryan, du bist mir für Ruhe und

Ordnung verantwortlich.« Dann ging sie hinüber zum Lehrerzimmer.

Bryan nahm diese Aufgabe immer sehr ernst. Wir alle wußten das. Und daher hatte keiner Verlangen, ihn herauszufordern.

Wie sich bald herausstellte, fand man Grahams Sachen tatsächlich am Shakespeare-Strand.

»Der Idiot!« schimpfte Bryan, »der wird das nie schaffen.«

Piffy zuckte mit den Schultern und schüttelte den Kopf: »Der hat doch ein feines Leben hier, was meinst du, Bryan? Nascht Pralinen, schmökert in seinem Buch, braucht nichts richtig zu arbeiten. Warum nur dieser Unsinn?«

Später erzählte ich Misses Beecham, was gestern in der Pause vorgefallen war. Sie atmete tief ein, was ihr anscheinend Unbehagen bereitete, so als atmete sie die Last des Lebens in ihren Körper, und schaute mich mit diesem Blick an, der so in etwa bedeutete: »Warum müßt ihr Kinder mir nur das Leben zur Plage machen?«

Nach der Mittagspause kam plötzlich Grahams Vater in die Klasse hereingeplatzt: »Hört mal zu!« befahl er, »ich weiß zwar nicht, was ihr meinem Sohn angetan habt, daß er sich auf so eine Wahnsinnstat einläßt. Und ich will es für den Augenblick vergessen. Kann mir einer von euch einen Hinweis geben, wo Graham stecken könnte? Meint ihr, daß er wirklich aufs Meer hinausgeschwommen ist?«

Seine Augen blickten voller Zorn und Verachtung auf uns. »Ihr müßt doch irgendetwas wissen!« herrschte er uns an.

»Ihr Sohn redet nicht mit uns«, sagte Henderson.

Mr. O'Conners richtete sich auf: »Graham wird sicherlich seine guten Gründe dafür haben.«

»Na?« drängte Misses Beecham mit bittendem Blick. »Bryan, bist du heute hinausgeschwommen?«

Bryan nickte.

»Und ..., ist dir denn am Strand gar nichts aufgefallen ..., oder beim Schwimmen ..., oder als du mit dem Boot von der Insel zurückgefahren bist ...?«

»Am Strand, bei den Booten, lagen nur meine eigenen Kleider, so wie immer. Aber sonst ..., nein ..., nichts.«

Noch einen Augenblick wartete Mr. O'Conners, starrte Bryan an, nickte ihm zu, so als wollte er weitere Worte aus ihm herauszwingen. Aber Bryan hatte gesagt, was zu sagen war.

»Ich glaube«, flüsterte Misses Beecham, »mehr können wir im Augenblick nicht für Sie tun.« Ohne unsere Lehrerin auch nur mit einem einzigen Blick zu würdigen, ging er auf die Tür zu.

Durch das Fenster konnte ich sehen, wie er zum Zimmer des Direktors hinüberstolzierte.

»Ist noch jemand unter euch, der versuchen will, zur Shanty-Insel hinüberzuschwimmen?« fragte Misses Beecham drohend. Nach einer Pause fügte sie hinzu: »Prügelt euch lieber, wenn ihr schon unbedingt eure Kräfte messen wollt.«

Wie vor einer Woche gingen wir nach dem Unterricht zum Shakespeare-Strand hinüber. Die Polizei war wieder da. Froschmänner der Marine. Ein Krankenwagen. Ich sah die Schlauchboote und zwei Hubschrauber. Die große Yacht in der Bucht mußte Mr. O'Conners gehören.

Der junge Polizist im Streifenwagen erzählte uns, daß sie bisher keine weiteren Anhaltspunkte gefunden hatten: »Aber wir gehen davon aus, daß er aufs Meer hinausgeschwommen ist.«

»Bei dem Vater«, sagte Piffy ernst, »würde ich es mir vielleicht auch überlegen.«

Keiner sagte was dazu. Piffy spuckte in den Sand: »Der ist doch völlig übergeschnappt, größenwahnsinnig nennt man das. Der kann nichts einstecken, kann nicht mal über sich selbst lachen. Bryan hat ihn gestern fertiggemacht. Und jetzt will er es ihm heimzahlen. Ich wette zwei Dollar, daß ich recht habe. Wer hält dagegen?«

»Hör auf, Piffy«, rief ich ihm ärgerlich zu, »frag lieber deinen Vater, ob er mit dem Boot kommen kann.«

»Wegen dem …?« rief Piffy überrascht aus, »… bestimmt nicht.«

Auch die anderen zeigten wenig Mitgefühl.

»Hat der doch selber schuld«, urteilte Henderson.

»Völlig idiotisch«, zischte Rick.

Nur Emerich sah das anders: »Komm, Sarah, mein Vater wird sich bestimmt mit unserem Boot an der Suche beteiligen.«

So war es. Herr Brichtholzschneider zögerte nicht, als er erfuhr, worum es ging.

Wir segelten bis zum Einbruch der Dunkelheit. Und auch am nächsten Tag beteiligten wir uns an der Suchaktion. Aber weder wir, noch irgend jemand anders fand ein Zeichen von Graham.

Nach drei Tagen wurde die Suchaktion eingestellt. Es gab einfach keine Hoffnung mehr, daß Graham noch am Leben sein könnte.

Langsam wurden unsere gehässigen Bemerkungen sanftmütiger. Es heißt, daß man über die Toten nichts Böses sagen soll. Das fanden wir auch. Und irgendwie denkt man, daß es ja auch einen selbst getroffen haben könnte. Und wenn nicht heute, dann vielleicht morgen. Schließlich sterben jeden Tag Menschen. Ja, am Ende haben wir doch alle das gleiche Schicksal.

Natürlich suchten Grahams Eltern noch weiter nach ihrem Sohn. Und auch Freunde der Familie kreuzten mit ihren Booten in dem Gebiet.

In der Nacht zum Montag sahen sie ein großes Feuer auf der Chicken-Insel. Alle wunderten sich. Schließlich war die Insel auch an diesem Tag mehrmals umrundet worden. Man hatte keine Spuren von Menschen bemerkt. Aber jetzt züngelten riesige Flammen in den sternenübersäten Himmel. Und das Feuer wuchs noch. Offensichtlich wollte da jemand ein Signal geben. Ein Lagerfeuer konnte das nicht sein.

Und tatsächlich. Bald stellte sich heraus, daß noch einmal ein Wunder gegen die Gewalten der Natur gesiegt hatte.

Graham war wohlauf. Wie er sagte, war er an der Felseninsel und der Shanty-Insel vorbeigeschwommen und hatte es bis zur Chicken-Insel geschafft. Angeblich wollte er einfach mal herausfinden, wie lange er hier allein ohne Verpflegung überleben könnte.

Natürlich wußten wir alle, daß es ihm einzig und allein darum gegangen war, Bryans Rekord zu übertreffen. Und das hatte er ja wohl auch geschafft. Die letzten Zweifel für den Grund seiner Schwimmquälerei schaffte Graham selbst aus der Welt. Wahrscheinlich wollte er aber auch nur sicherstellen, daß wir ganz genau wußten, wer in der Klasse der Größte genannt werden mußte. Denn als er nach zwei Tagen Erholung wieder in die Schule kam, ging er nicht wie gewöhnlich zu seiner Bank hinüber. Nein, Graham stolzierte mit spöttischen Augen zu Bryans Bank hinüber, baute sich vor ihm auf und redete langsam, deutlich und ungewohnt laut: »Hier steht der Sieger. Und das hier ist der Trostpreis.«

Nach diesen Worten legte Graham eine Schachtel Pralinen vor Bryan auf die Bank. Dann ging er zu seinem Platz, holte ein Buch aus dem Korb, eine Schachtel Süßigkeiten und vertiefte sich in seine Lektüre. Ich weiß nicht, ob er mitbekam, wie Bryan die Pralinenschachtel in den großen Papierkorb neben dem Lehrertisch warf.

Als Bryan mit roten Wangen zu seiner Bank zurückstampfte, wollte ich ihn trösten. Er tat mir einfach leid: »Bryan, komm, du bist Sportler ... Man muß auch mal verlieren können.«

»Sarah, glaubst du, daß der Kerl bis zur Chicken-Insel geschwommen ist? Ich würde das nie schaffen.«

»Keine Ahnung. Ist doch egal. Vergiß die ganze Sache einfach.«

»Niemals! Sag mal, Sarah, kannst du nicht mal den Fremdling fragen, ob wir am Wochenende mit dem Segelschiff einen kleinen Ausflug machen können?«

»Du meinst wohl zu Chicken-Island hinüber?«

»Genau! Irgendetwas stinkt doch an der ganzen Geschichte ... Also, wie ist es?«

»Warum fragst du nicht selbst?«

»Ich bin sicher, der mag mich nicht. Na komm, laß mich nicht hängen.«

Also gut, ich fragte Emerich. Leider hörte Henderson alles mit.

»Bryan hat recht«, belehrte uns Henderson, »ich habe gestern mit den Fischern gesprochen. Die behaupten, es sei völlig unmöglich, da hinüber zu schwimmen. Und dann auch noch Mr. O'Conners ...«

Bald wußte es die ganze Klasse. Außer Mr. O'Conners. Vermutlich. Und so kam es, daß am Samstag morgen gleich vier Boote vor Chicken-Island auftauchten.

Bryan hatte Flossen und Schnorchel mitgebracht. Er konnte es kaum abwarten, ins Wasser zu springen und nach dem Rätsel zu tauchen. Gott sei Dank wußten wir die Stelle, an der Mr. O'Conners gefunden wurde. Und wir fanden auch die Reste von dem Feuer. Bryan begann mit seiner Suche. Eine nervöse Unruhe hatte ihn gepackt. Kaum daß er ausreichend Luft getankt hatte, tauchte er auch schon wieder ab. Mister Brichtholzschneider mußte drohen zurückzufahren, um Bryan zu zwingen, eine größere Pause einzulegen.

»Der ist ja wie besessen«, sagte er mit besorgtem

Gesicht, »ich hoffe nur, der findet, was er sucht, und zwar bald.«

Nach weiteren zwei Stunden legten wir ein Seil um Bryans Körper, obwohl er das für völlig überflüssig hielt. »Ich tauche doch nicht tief«, wiederholte er. Aber wir hatten einfach Angst um ihn.

Und wieder tauchte Bryan hinab. Ich hielt das Seil locker, schaute über Bord in das dunkle Wasser.

»Viel Seil«, wunderte sich Emerich.

Tatsächlich. Erst jetzt bemerkte ich, daß Bryan bisher noch nie soviel Seil gebraucht hatte.

»Er ist auch schon ziemlich lange unten«, brummte Mister Brichtholzschneider, »los, Sarah, zieh an dem Seil, er soll hochkommen ...«

Ich zog an dem Seil, aber sobald es straff war, konnte ich es keinen Zentimeter mehr bewegen.

»Helft mir, schnell«, rief ich entsetzt zu den anderen.

Sie sprangen hinzu. Aber nicht einmal zu dritt konnten wir das Seil einholen. Mister Brichtholzschneider zog gerade sein T-Shirt aus, wollte zu Bryan hinuntertauchen, da winkte eine Hand aus dem Wasser, und schon klammerte sich Bryan an der Leiter fest, die außen am Boot festgemacht war. Er japste nach Luft, zwang sich dann, langsamer, regelmäßiger und tiefer zu atmen. Wo war nur das Seil?

»Wo ist das Seil?« fragte Emerich.

Da strahlte Bryan: »Zieht, los, zieht es heraus!«

Aber das war nicht so einfach. Erst als wir mit dem Seilende an der Chicken-Insel an Land gehen konnten und am Strand alle gemeinsam zogen, bewegte es sich. Und bald tauchte aus dem Wasser auf, was alles erklärte: »Ein Boot«, nickte Henderson, so als habe er es schon immer gewußt, »und sogar ein Außenbordmotor dran.«

Es war bestimmt nicht leicht für Mr. O'Conners gewesen, ein Holzboot zu finden. Die sind selten geworden. Sogar die Axt lag noch in dem Boot, mit der er das Loch in den Boden geschlagen hatte.

»Mitnehmen!« befahl Bryan, »wir nehmen das Boot mit.« Und so geschah es.

Und am Montag morgen lag das Boot auf dem Schulhof, genau vor der Eingangstür zu unserem Gebäude. Fast die ganze Klasse saß draußen, wartete auf die große Limousine. Dann fuhr sie vor. Der Fahrer stieg aus, öffnete die Tür auf der anderen Seite, verbeugte sich ein wenig, als Mr. O'Conners ausstieg, schloß die Tür, öffnete den Kofferraum, holte die Kiste heraus und folgte seinem Herrn.

Natürlich sah Mr. O'Conners sofort das Boot. Aber

wir bemerkten keine Spur von Überraschung oder Verlegenheit in seinem Gesicht. Und auch als wir applaudierten, »Bravo« riefen, verzog er keine Miene, ging ins Klassenzimmer und tat genau so wie jeden anderen Morgen auch.

Ich war erstaunt, daß Misses Beecham nicht auf das Boot zu sprechen kam. Erst in der Mittagspause ging sie auf dem Schulhof zu Bryan hinüber und bat ihn, das Boot nach Schulschluß wegzubringen.

»Geben wir es doch dem alten O'Conners zurück«, schlug Piffy vor. Aber das machten wir dann doch nicht. Bryan wollte schon immer ein zweites Boot haben. Nicht für sich, nein, für seine Freunde.

»Was haltet ihr von eurem neuen Boot, Freunde?« fragte er mit strahlenden Augen. Na, das war eine Frage.

Die Reparatur war kein großes Problem. Der Motor funktionierte ausgezeichnet. Und das Loch würden sie schnell ausgebessert haben.

Vielleicht war das der Grund, warum Bryan nicht noch Salz in die offene Wunde von Mr. O'Conners rieb. Nein, weder Bryan noch jemand anders verlor Mr. O'Conners gegenüber auch nur ein Wort über die ganze Angelegenheit. Der hatte sein Fett abbekommen. Da waren wir alle einer Meinung. Und genug ist genug.

Warum Mr. O'Conners nur damals nicht einfach aufgegeben hat? Sein Vater hätte ihn doch bestimmt auf einer anderen Schule unterbringen können. Aber das war nur eine Vermutung, wie alles, was Mr. O'Conners betraf. Keiner verstand, was in dem vorging, und keiner kannte seine Familie, wußte, warum der nur so war, wie er war.

5

»Sarah«, rief Emerich ein paar Tage später nach der Schule, als ich mich gerade von Kohi verabschiedet hatte, »Sarah, warte auf mich.«

Ich merkte sofort, daß ihn irgendetwas drückte.

»Problem?« fragte ich ihn.

»Ja, ich denke schon. Weißt du, ich finde es sehr schade, daß Bryan und Graham so verfeindet sind. Könnten wir das nicht ändern?«

»Schlag was vor.«

»Wenn du Bryan fragen würdest, ob er am Wochenende mit zum Fischen hinausfahren möchte …«

»Warum fragst du ihn nicht selbst?«

»Warum? Der hat was gegen mich … Also?«

»Na gut. Ich werde es versuchen. Und Graham?«

»Wenn du das bitte auch übernehmen würdest, Sarah …«

»Und was machst du?«

»Ich frage Henderson.«

»Na, der kommt bestimmt, wenn er mit dem Sextanten spielen darf… Oder falls ihr ein Fernrohr habt oder sonst etwas Interessantes.«

»Mach dir da keine Gedanken, Sarah, das übernehme ich. Und auch wenn es hart ist, keine Angst, ich laß mir schon was einfallen. Einverstanden?«

»Tu nur nicht so. Das ist doch ein Kinderspiel mit Henderson. Und ich habe die dicken Brocken.«

»Ok, Sarah«, seufzte Emerich und blies sich die Wangen voller Luft, »ich übernehme noch Paul und Chris …, dann habe ich sogar einen mehr als du.«

»Und was ist mit Linda?«

»Ok, ich werde auch noch Linda fragen.«

Ich war einverstanden. Schließlich war die Idee nicht schlecht. Vielleicht war das wirklich eine Chance, Henderson, Bryan and Graham zu versöhnen oder zumindest diese ganze aufgeladene Situation zu entspannen.

Es gelang mir tatsächlich, Bryan für unser Vorhaben zu gewinnen. Bei Graham war es nicht so einfach. Erst wußte ich gar nicht, ob er mir überhaupt zuhörte. Ich dachte mir, wenn es jemals auf der Welt einen Menschen gegeben hat, der mit sich allein leben kann, dann ist es unser Mr. O'Conners. Zumindest hatte ich den Eindruck. Er entschied nichts. Er sagte nichts. Aber am übernächsten Tag fand ich bei uns zuhause einen Brief von ihm im Kasten: »Einverstanden. Wann und wo?«

›Na also‹, dachte ich mir. ›Vielleicht ist die Menschheit doch noch zu retten, wenn selbst ein Mr. O'Conners einlenken kann.‹ Nun, auf jeden Fall konnte die Versöhnungsfahrt stattfinden.

Jeder hatte seine guten Gründe, trotz allen verbissenen Streits und aller aufgeputschten Eifersucht dennoch teilzunehmen.

Als ich an dem Samstag morgen um sieben Uhr am Boot eintraf, waren die meisten schon da. Bryan kontrollierte gerade noch mal seine Taucherausrüstung. Die anderen waren damit beschäftigt, den Proviant für den Tag auf dem Boot zu verstauen. Als alle Vorbereitungen getroffen waren, fehlte nur noch einer. Aber ein paar Minuten später fuhr auch die Limousine vor. Jeder Fremde hätte gewettet, daß jetzt gerade der Kapitän des Schiffes eingetroffen war. So sah es aus. Und so benahm sich Mister O'Conners.

Da war zum Beispiel seine Kiste. Obwohl Mister Brichtholzschneider die Kiste des Herrn unten verstaut haben wollte, weil sie da viel sicherer aufbewahrt war, befahl Mr. O'Conners: »Cameron, stellen Sie die Kiste hier hinten auf Deck. Ich will sie bei mir haben.«

»Sehr wohl«, sagte Cameron, und kein Arnold Brichtholzschneider auf der ganzen Welt hätte das ändern können. Aber er war weise genug, das einzusehen. Und letztendlich war es auch nicht so wichtig, wo die Kiste stand.

Wir konnten losfahren. Der Motor tuckerte schon, Bryan und Emerich lösten die Seile, drückten das Schiff von der Mole weg, und Arnold stand am Ruder und genoß die Aussicht auf einen schönen Tag.

Henderson bekam von Emerich den Sextanten, mit dem er natürlich sofort die Position des Schiffes bestimmen wollte, obwohl sogar ich wußte, wo wir uns befanden. Aber Henderson hielt es für sehr wichtig, diese uns bekannte Position noch einmal offiziell zu bestätigen. Eine wissenschaftliche Bestätigung sozusagen. Außerdem hatte Henderson noch ein Mikroskop, ein Fernrohr und einen tragbaren Computer dabei. Das würde ihn auslasten. Bryan hatte nur sein Tauchen im Kopf. Und Graham O'Conners? Der saß hinten im Boot neben seiner Kiste, lehnte sich über Bord und dachte ins Meer hinein.

Ich schaute zu Emerich hinüber, zeigte auf unsere drei Majestäten. Er zuckte mit den Schultern. Ja, man kann den Menschen nun mal nicht befehlen, einander zu lieben und sich in die Arme zu nehmen. Nein, das kann man nicht.

Aber was soll's. Es war ein wunderschöner Morgen. Die Sonnenstrahlen glitzerten auf dem ruhigen, hellblauen Wasser. Nicht weit von uns zogen Delphine ihre Bahn. Ihre silbrigen Körper bewegten sich elegant im Wasser. Hätte irgendein verrückter Admiral jetzt seiner Flotte den Angriff befohlen, ich bin sicher, kein Schuß wäre abgefeuert worden. Bei diesem Frieden hier auf dem Meer an diesem Morgen würde es keiner wagen, die heilige Ruhe zu stören. Zumindest bildete ich mir das ein.

Nach etwa drei Stunden fuhren wir auf eine kleine Inselgruppe zu, deren Gewässer für ihre Hummer bekannt sind. So ungefähr dreihundert Meter vom Strand entfernt warf Emerich den Anker über Bord. Bryan machte sich zum Tauchen fertig. Er hatte einen Sack mit einem Schnappverschluß dabei, in den er die Hummer hineinstecken wollte. Henderson spielte mit seinem Echolot, das er weiß Gott wo aufgetrieben hatte. Vielleicht meinte er, mit dem Echolot die Hummer orten zu können. Arnold und Bryan vereinbarten Signale, damit wir wüßten, wann wir den Sack nach oben ziehen sollten.

»Wenn wir dreimal an dem Seil ziehen, kommst du sofort aus dem Wasser, in Ordnung?« befahl Arnold. Ihm war nicht wohl dabei, daß Bryan allein tauchte. Aber was sollte schon passieren? Das Wasser dort war nicht so tief. Und gefährliche Strömungen gab es auch nicht. Bryan gefiel sich in der Rolle des mutigen Tauchers und hätte bestimmt nichts dagegen gehabt, wenn wir das ganze als äußerst riskantes Abenteuer dargestellt hätten.

Ich wußte, daß Bryan nicht locker lassen würde, bis wir ausreichend mit Hummern versorgt sein würden. Alles andere würde er als persönliche Schande ansehen.

Linda hielt das Seil und zog bald tatsächlich die ersten Portionen unseres Abendbrotes aus dem Wasser.

»Ganz großartig«, rief Arnold Bryan zu, als der ans Schiff geschwommen kam, wohl um sich sein Lob abzuholen. Und schon tauchte er wieder hinab.

Henderson schaute gelangweilt durch das Fernglas. »Wenn man mit dem Ding wenigstens auf den Meeresboden schauen könnte«, nörgelte er, »aber so ... Verdammt!« schrie er auf, »verdammter Mist!«

Arnold spürte sofort, daß etwas Schlimmes passiert sein mußte. Jetzt sprach er nur noch in Befehlen.

»Was ist los, Henderson?!«

»Da, da, seht doch selbst, Haie, verdammt, Haie kommen auf uns zu.«

»Linda«, schrie Arnold, »zieh an der Leine, dreimal mit starkem Ruck!«

Er sprang unter Deck, und es dauerte nur Sekunden, bis er mit einer Harpune zurückkam.

»Und?« fragte er nervös. »Verteilt euch um das Boot!«

»Der Hai taucht ab«, rief Emerich mit zitternder Stimme.

Wo blieb Bryan nur? Die paar Meter. Das konnte doch nicht so lange dauern. Arnold riß Linda das Seil aus der Hand, zog mit all seiner Kraft. Aber er zog nur den Sack aus dem Wasser.

»Mist!« fluchte er ins Wasser.

»Blut!« schrie ich entsetzt, »Blut …, mein Gott …, tut doch was!«

Die Blutlache wurde schnell größer. Von Bryan keine Spur. Arnold stand mit der Harpune im Anschlag, seine Gesichtsmuskeln zuckten, die Augen suchten wild nach allen Seiten.

»Könnt ihr denn nichts sehen, verdammt noch mal?« brüllte er uns zu, und ich spürte die Verzweiflung in seiner Stimme.

Emerich kam auf meine Seite. Ich hielt ihn fest. »Emerich«, flehte ich ihn an.

Nie werde ich diesen Blick vergessen: »Sarah, wir können nichts tun«, flüsterte er.

Wir starrten auf den Blutteppich, unter dem der Hai wütete. Und dann …, dann hörten wir Bryan schreien, auf der anderen Seite des Schiffes: »Helft mir, helft mir, schnell …«

Es waren vielleicht zehn Meter zwischen dem Boot und Bryan. Ich sah die grauenvolle Verzweiflung und den verbissenen Willen, die ihn antrieben. Wir warfen ihm Seile zu. Er griff fest zu. Wir zogen. Da sah ich den Hai hinter ihm auftauchen, ich ließ das Seil los, hielt mir die Hände vors Gesicht.

»Sarah«, schrie Arnold mich an, »verdammt noch mal, zieh, es geht um sein Leben, zieh, zieh, zieh!«

Henderson war völlig aufgelöst, ein Weinkrampf schüttelte ihn, Graham hielt ihn an der Brust fest. Er würde da hineinspringen, bestimmt. »Bryan, Bryan, Bryan …« wimmerte Henderson.

Der Hai hatte Bryan fast erreicht.

»Vater«, flehte Emerich, »Vater, schieß!«

Noch einen Augenblick und noch einen Augenblick wartete Arnold. Er hatte nur diesen einen Pfeil. Und dann, endlich, drückte er ab. Die Harpune zischte durch die Luft, patschte ins Wasser und traf den Hai in den Kopf. Arnold nahm das Seil der Harpune, lief zum Bug des Schiffes, fädelte das Seil schnell durch eine große Öse und zog dann mit aller Kraft, zog den Hai von Bryan weg. »Holt ihn endlich rein, verdammt noch mal«, schrie er mit angstverzerrter Stimme.

Und dann, dann war Bryan am Boot. Emerich reichte ihm den Arm, ich hielt Emerich fest, und dann zog er Bryan aus dem Wasser. Bryan ließ sich aufs Deck fallen. Arnold schnitt das Seil mit dem Hai durch, warf das Messer zur Seite und kam herübergesprungen: »Wo, wo, wo bist du verletzt …?

»Ich bin nicht verletzt«, zitterte Bryan.

»Aber das Blut, woher stammt das Blut …? Die Haie fressen.«

Er rollte Bryan zur Seite. Konnte es gar nicht glauben. Aber tatsächlich: Bryan blutete nicht. Nein, er war völlig unverletzt.

Arnold griff Bryan bei den Schultern, drückte ihn an sich, immer und immer wieder: »Verdammtes Glück hast du gehabt, mein Junge, verdammtes Glück…«

Emerich hatte den Motor angeworfen. »Vater«, rief er, »was jetzt?«

»Weg von hier!« befahl Arnold, »den Anker hoch, und dann nichts wie weg von hier.«

Auf der Heimfahrt waren wir alle still. Man sagt, das Leben sei heilig. Und einen Kampf um das Leben, um das heilige Leben, hatten wir gerade erlebt. Zum ersten Mal hatte ich so stark, so unmittelbar gespürt, daß es neben dem Leben auch das Sterben gibt. Damals hat es nicht mich getroffen und Gott sei Dank auch nicht Bryan. Ein Hai starb. Aber das ist nicht immer so.

Arnold stand am Steuerrad. Der freundliche, so liebenswerte Mensch … Eigentlich hatte ich mir nie vorstellen können, daß er in einem Sturm auf hoher See zurechtkommt. Aber in der Gefahr, wenn es darauf ankommt, entdeckt man den wahren Menschen hinter all dem Lächeln in der Harmlosigkeit des Alltags. Ja, ich hatte eine große Lektion gelernt.

Wir ließen uns Zeit auf der Heimfahrt, viel Zeit.

Aber trotzdem nahm niemand seine Angel und warf den Köder ins Meer. Wenn man dem Tod ins Auge gesehen hat, kann man nicht einfach so tun, als wäre nichts gewesen.

Die Sonne berührte gerade das Meer, als wir in den kleinen Hafen einliefen. Erst jetzt bemerkte ich den Hunger. Wir hatten gar nichts gegessen. Ich ging unter Deck, holte den Korb mit dem Obst nach oben und verteilte die Äpfel, Bananen und Pfirsiche. Und ich vermute, daß plötzlich alle den gleichen Gedanken hatten.

Am Landungssteg stand schon die Limousine bereit. Arnold lief zur Telefonzelle und rief Hendersons Eltern an. Der arme Henderson weinte und weinte, obwohl Bryan immer noch bei ihm saß. Es war doch nichts passiert. Bryan lebte, er war unverletzt. Aber irgendetwas mußte wohl doch in diesen letzten Stunden in Hendersons Welt zerstört worden sein. Er würde Zeit brauchen, damit fertig zu werden.

Am späten Abend dann saß ich zuhause auf dem Balkon und schaute aufs Meer hinaus. So friedlich lag das Meer zu meinen Füßen. Die Wellen kräuselten sich ganz schwach im Sand. Noch einmal dachte ich über all die Geschehnisse des Tages nach. Wo nur das Blut hergekommen war, das die Haie angezogen haben mußte? Und dann, dann erschlug mich ein Gedanke. Grahams Kiste! Wo war sie nur geblieben? Die Kiste war nicht mehr auf dem Schiff, als wir im Hafen einliefen. Oder irrte ich mich? Und all die Zeit auf See hatte Graham nicht ein einziges Mal diese Kiste aufgemacht und genascht, was er doch sonst den ganzen Tag über so viele Male machte.

Was für ein gräßlicher Gedanke.

Ich rief Linda an. »Jetzt, wo du es sagst, Sarah, du hast recht, nein, er hat die Kiste nicht mit von Bord genommen. Und der Fahrer ist auch gar nicht zum Boot gekommen.«

Was mag nur in der Kiste gewesen sein?

Zu meinem großen Erstaunen stand am Montag wieder eine Kiste neben Grahams Platz. Aber sie war neu. Da gab es keinen Zweifel.

Voller Wut ging ich in der Pause zu Graham nach vorne: »Sag, wo hast du die alte Kiste gelassen?«

Er schaute mich an. Seine Augen waren so gleichgültig, als hätte ich gerade nach der Uhrzeit gefragt.

›Ich kriege dich schon‹, dachte ich mir. »Was war in der Kiste am Samstag auf dem Schiff?« fragte ich und blickte ihm dabei fest in die Augen. Aber ich sah nicht das Zucken oder Erstaunen, nach dem ich gesucht hatte, in diesem Gesicht.

»Mein Fräulein«, zischte er, »wenn Sie sich doch bitte um Ihre Angelegenheiten kümmern. Ich bin sicher, da kennen Sie sich bedeutend besser aus.«

Er widmete sich wieder seinem Buch. Ich wußte, aus dem würde ich jetzt nichts mehr herausbekommen. Und Beweise, Beweise hatte ich auch keine. Nein, es war letzten Endes nur eine Vermutung. Eine ungeheuerliche Vermutung.

6

Ich wollte immer schon mal wissen, wann unser Schulbus gebaut wurde. Aber wahrscheinlich weiß es keiner mehr. Nein, nein, man kann nicht sagen, daß der nicht sicher sei. Immerhin verfügt unser Schulbus über ein ausgeklügeltes Sicherheitspaket. Der Bus hat zum einen den Vorteil, daß man ihn besonders gut sieht, weil er nämlich eine schwarze Abgasfahne ausrotzt. Und aus dem gleichen Grunde kann man ihn auch noch riechen. Vom Hören ganz zu schweigen. Nein, es ist nicht zu bestreiten, daß ein Fahrzeug, das man gut sehen, hören und riechen kann, sicherlich seine Vorteile hat. Ob so ein Fahrzeug allerdings so aussehen muß wie unser Schulbus, das …, das möchte ich bezweifeln.

Na, das Dumme mit Bussen ist, daß sie Geld kosten. Wenn wir Schüler alle reich wären und gut bezahlen würden für unsere Busfahrten, dann bekämen wir sicherlich auch mal einen neuen Bus. Aber da das nicht so ist, sind unsere Chancen gering. Ich nehme an, daß die neuen Busse für die Touristen eingesetzt werden. Und wenn sie dafür nicht mehr gut genug sind, werden sie im normalen Busverkehr eingesetzt. Und wenn sie nicht im Dienst der Allgemeinheit verrecken, aber auch beim besten Willen nicht mehr für den allgemeinen Personenverkehr taugen, dann ..., dann werden daraus Schulbusse. Ich sehe jeden Tag so zwischen fünf und zehn Schulbusse, und alle machen den Eindruck, daß sie wahrscheinlich gerade ihre letzte Fahrt abrattern.

Wie dem auch sei, wir sind froh, daß wir sie haben. So ein Bus bringt uns nämlich nicht nur zur Schule und holt uns nachmittags wieder ab. Nein, er wird auch eingesetzt, wenn wir mal einen Ausflug machen wollen. Einen Ausflug zum Beispiel zum Ninety-Mile-Beach.

Lange genug hatten wir ja darüber gesprochen. Mehrmals wurde der Termin verschoben. Aber dann, im März, am 18. März, ging es tatsächlich los.

Die zweiundzwanzig Schülerinnen und Schüler unserer Klasse, Misses Beecham und Mister Penny als Aufsichtspersonen und als Fahrer natürlich Archy. Halt! Ich habe noch vergessen, daß Mr. O'Conners zwar mitfahren wollte, aber selbstverständlich nicht in dieser alten Kutsche von Bus. Nein, er ließ sich chauffieren, so wie immer. Die Limousine fuhr in gemessenem Abstand hinter unserem Bus her.

Angelruten wurden geladen, Köder, jede Menge Trinkwasser, Fleisch für den Barbecue und Sportgeräte.

Wenn man denn Bälle, Schläger und Volleyballnetze als Sportgeräte bezeichnen kann.

Um acht Uhr zählte Misses Beecham noch einmal durch. Und da sie auch beim dritten Mal zum Schluß wieder bei zweiundzwanzig ankam, hatte sie endlich ausreichend Vertrauen in ihre mathematischen Fähigkeiten gefaßt und beließ es dabei.

Bei der Abfahrt tat Archy, was er bei seinem Bus am liebsten machte, er hupte, entweder um die Welt vor sich zu warnen oder um seiner Freude Ausdruck zu geben, daß sein Bus noch fuhr. Aus welchem Grunde auch immer. Auf jeden Fall hupte Archy gern. Mister Penny fand das immer sehr lustig und konnte es sich nicht verkneifen, auch selbst einmal auf den Hupknopf im Lenkrad zu drücken. Allerdings fand Archy das nicht lustig. In seinem Gesicht konnte man die Frage ablesen: »Bin ich hier der Fahrer oder wer?«

Wir hatten in dem Bus natürlich kein Mikrophon. Die Stimme des Lehrers mußte also gegen den Lärm ankämpfen, den der Bus selbst machte und gegen den Krach, den wir im Bus veranstalteten. Nein, das war nicht einfach. Und es gab auch noch eine Reihe anderer Gründe, warum diese Ausflüge bei den Lehrern nicht sehr beliebt waren. Abgesehen natürlich von Mister Penny. Und weil dem so war, durfte er sehr häufig als zweite Aufsichtsperson mitfahren.

Penny stand auf, kramte umständlich eine große Tüte Bonbons aus seiner Aktentasche heraus, öffnete sie, nahm einen Bonbon heraus, hielt ihn hoch in die Luft und öffnete ihn vor aller Augen, so als bräuchten wir eine besondere Einweisung, um nicht an der Herausforderung, das Bonbonpapier zu beseitigen, technisch zu scheitern. Aber dann, dann endlich ließ er die Tüte herumgehen.

»Den Rest dann bitte zu mir«, ermahnte er mehrmals. Die Anstrengung hätte er sich ersparen können. Die Tüte kam nie vorne bei ihm wieder an. Das war wie ein Naturgesetz. Und gegen die Naturgesetze haben bestenfalls die Götter eine Chance. Wenn überhaupt.

Wir waren noch keine Stunde unterwegs, als ein Knall mich aus meinem Döszustand aufschreckte. Auch die Aufsichtskräfte hatten es gehört und kamen nach hinten geeilt.

Spencer hatte mal wieder seinen Hockeyball dabei. Jeff, sein Kumpel, saß drei Reihen weiter hinten, genau neben dem Fenster. Und die beiden hatten sich diesen harten Ball zugeworfen. Wie das halt so ist: Man wird mutiger und mutiger. Und dann macht es »klatsch«, und die Scheibe ist gesprungen. Genauso war es gekommen. Ein Stück der Scheibe war sogar herausgebrochen.

»Eine schöne Bescherung«, nannte Mister Penny das.

Misses Beecham ließ Archy anhalten.

Als der sah, was passiert war, schrie er: »Was habt ihr meinem Bus angetan, was habt ihr meinem Bus angetan?«

Manchmal stellen Menschen Fragen, die völlig überflüssig sind. Schließlich lag es offensichtlich vor aller Augen, was passiert war.

»Tut mir leid, Archy«, quälte Spencer heraus, »tut mir wirklich leid.«

Archys Kinnlade wackelte hin und her. Oh ja, er dachte nach. Archy ist der einzige Mensch auf der Welt, den ich kenne, bei dem man genau weiß, wann er nachdenkt. Die Kinnlade stand still, und schon gab er das Ergebnis seines Nachdenkens bekannt: »Das reicht nicht. Letztes Mal hat es dir auch leid getan. So einfach kommst du mir dieses Mal nicht davon.«

Piffy konnte sich da nicht raushalten. Ausflüge sah er immer als die große Gelegenheit an, seinen Ruf als Klassenkomiker zu festigen. Das war ihm einfach sehr wichtig.

»Ok, Spencer, ich muß sagen, Archy hat recht. Du mußt mehr bieten.«

»Kümmer du dich ...«, fing Spencer an zu fluchen, aber Piffy winkte ab.

»Ich meine, ein neuer Bus für Archy muß doch drin

sein. Schließlich hast du ihm schon zwei Scheiben zerdeppert.«

»Bist du verrückt! Ich soll Archy einen neuen Bus kaufen?«

»Na, gebrauchen könnte er den doch, oder?«

Misses Beecham kam dazwischen: »Schluß mit der Streiterei. Das werden wir alles morgen in der Schule klären.«

Sie schaute Archy hilflos an: »Was machen wir jetzt? Umkehren?«

»Wegen einer Scheibe?« sagte Penny, »der Bus kann doch noch fahren, oder kann er etwa nicht?«

Ach Penny, du bist einfach der größte. Wir lachten, und Penny freute sich darüber.

»Aussteigen!« befahl Archy, »alles aussteigen!«

Er kramte unter seinem Sitz eine Werkzeugkiste hervor, holte einen Hammer heraus, ging nach hinten und schlug dann vorsichtig das Glas nach draußen. Dann fegte er die Scherben zusammen, schüttete sie in einen Karton, fegte auch die Glasstücke im Bus zusammen, guckte noch einmal ganz genau, ob kein Glas mehr herumlag, und dann teilte er uns mit: »Bitte einsteigen.«

Ja, wir hatten Glück gehabt. Wenn wir Pech gehabt hätten, dann wäre unser Ausflug bereits zu Ende gewesen. Aber die Menschen hier sind das, was man »flexibel« nennt. Wenn es Probleme gibt, geben die so leicht nicht auf. Und wegen einer fehlenden Scheibe im Sommer, bei dem schönen Wetter, den Ausflug abzubrechen, wäre doch irgendwie dumm gewesen.

Und außerdem angelt Archy sehr gern.

So um ein Uhr waren wir am Anfang vom Ninety-Mile-Beach. Der Grill wurde aufgebaut. Pause bis etwa drei Uhr. An manchen Stellen ist dort der Sand weiß, und wenn die Sonne draufscheint, dann sind die Augen so geblendet, daß man Mühe hat, nach unten zu schauen. An so einer Stelle campierten wir.

Bryan war sauer: »Hier kann man doch keinen Sport machen, wer hat denn diese Stelle ausgesucht?«

»Spar deine Kraft für später, wenn du den Schwertfisch an Land ziehst«, rief ihm Linda tröstend zu.

»Meinst du, ich soll mit der Angel hinausschwimmen, dahin, wo es vielleicht Schwertfische gibt, und im Schwimmen angeln?«

»Ja«, baffte Linda Bryan an, »oder kannst du das etwa nicht?«

Bryan winkte ab. Er war nicht zufrieden mit sich. Nein, man sah die Langeweile in sein Gesicht geschrieben.

Henderson zeigte nach links: »Mr. O'Conners speist bereits. Alles dabei: Klapptisch, Klappstuhl, Kühltasche. Warum ist der überhaupt mitgekommen, wenn er für sich allein sein will?«

Diese Frage hatten wir auch schon des öfteren gehört. Und wenn man auf eine Frage keine Antwort weiß, dann mag man die Frage meistens nicht.

»Frag ihn doch selbst«, keifte Piffy.

Das Fleisch war gar. Und während sich Mr. O'Conners auf einer Decke im Schatten von der Anstrengung des Essens ausruhte, stellten wir uns in einer Reihe auf und holten uns Salat, Fleisch und Brot ab.

»Warum verprügeln wir den nicht einfach?« schlug Bryan laut vor, »dann wär' hier wenigstens was los. Und verdient hat der das allemal.« Die anderen brummten zustimmend, aber vielleicht lag es an der Hitze und dem Hunger, daß den Worten keine Taten folgten.

»Was gibt es hier eigentlich zu sehen?« wollte Emerich wissen, »Sand und Wasser haben wir doch bei uns auch.«

»Das hier«, erklärte ihm Bryan mit lauter Stimme, »das hier ist Ninety-Mile-Beach.«

»Na und?«

»Archy!« höhnte Bryan, »ich habe diesem Fremdling gerade zu erklären versucht, daß das hier der Ninety-Mile-Beach ist, und der Bursche sagt: ›Na und?‹«

Alle lachten. Archy kam zu uns herüber und grinste Bryan zu.

»Ich denke«, prahlte er mit stolzer Brust, »daß wir es unserem Gast schuldig sind, ihm was zu bieten, was meint ihr?«

Emerich hatte keine Ahnung, was ihm nun so Großartiges geboten werden sollte. Aber wir waren schließlich alle schon einmal hier gewesen.

»Na, dann sagt mal«, drängte Emerich. Aber wir lachten nur.

»Hast wohl Angst?« fragte Bryan. »Brauchst du nicht zu haben. Archy wird das schon schaukeln, was, Archy?«

Archys Augen glühten vor Erwartung.

»Keine Angst, Kinder, ich werde euch nicht enttäuschen.«

So um drei Uhr fuhren wir endlich weiter nach Norden. Ein gutes Stück noch auf der Straße, und dann bog Archy endlich ab und fuhr auf den Strand zu.

Dort geht das Wasser bei Ebbe weit zurück. Zwischen See und Dünung liegen etwa zwei- bis dreihundert Meter. Riesige Pfützen breiteten sich an manchen Stellen des Strandes aus.

Archy hielt an, stellte den Motor ab, damit wir Misses Beecham verstehen konnten.

»Also«, holte sie aus, »Regel Nummer eins: Keiner steht auf, haltet euch gut fest. Regel Nummer zwei:

Keiner lehnt sich hinten aus dem offenen Fenster. Und packt alles ein, was durch die Gegend fliegen könnte!«

Penny stand auf, ein großes Grinsen in seinem Gesicht: »Regel Nummer drei: Habt Spaß.«

Penny erhielt den Applaus, der ihm gebührte.

Emerich fragte verständnislos: »Und jetzt?«

»Jetzt«, sagte Piffy, »jetzt wirst du sehen, wie aus einem Bus ein U-Boot wird, und dann tauchen wir hinab in die tiefe See, uuuhhhh.«

Bryan brüllte nach vorn: »Archy, zeig, was in dir steckt!«

Als wenn das noch nötig gewesen wäre.

Archy startete, gab Gas, und mit einem Ruck sprang der Bus nach vorn. Penny schrie in aufgelöster Freude und klatschte Misses Beecham auf die Oberschenkel. Ich konnte nicht hören, was Misses Beecham ihm an Worten an den Kopf schmetterte. Ich sah nur, wie der einen Augenblick lang verdutzte Penny ihr mit schuldbewußten Augen die Tüte Bonbons hinhielt. Aber dann war er wieder voll bei der Sache.

Archy hielt mit großer Geschwindigkeit auf die Pfützen zu, und der Bus spritzte das Wasser in mächtigen Fontänen zur Seite. Und jedesmal schrien wir: »Bravo, Archy«, wenn das Wasser in das offene Fenster klatschte und »Archy, come on!«, wenn wir enttäuscht waren über das Pfützchen.

Nach zehn Minuten war die Sache natürlich langweilig.

»Runter, runter, runter!« schrien wir, so laut, daß Archy bestimmt nicht mehr wußte, ob der Motor überhaupt noch lief.

Archy ließ uns nicht im Stich. Er fuhr weiter runter aufs Meer zu, brauste dann durch die auslaufenden Wellen, ließ den Bus schlingern, drehte einen engen Kreis auf dem Strand und hielt dann wieder auf das Wasser zu.

Bryan schaukelte nach vorne: »Archy, komm, zeig dem Fremdling mal, was in der Kiste steckt!« Bryan klopfte Archy auf die Schulter. »Come on!« befahl er und dirigierte den Chor: »Archy, Archy, Archy…«

Armer Archy. Der mußte vor Glück jetzt richtig besoffen sein. Die Scheibenwischer hatten alle Mühe, das Wasser von der Scheibe zu schaufeln. Ich konnte nicht sehen, wie tief er jetzt in das Wasser hineinfuhr. Das Wasser spritzte um uns herum wie in einer Waschanlage.

Da – der Bus stockte einen Augenblick, ein Ruck, Archy gab Gas, der Motor heulte auf, die Reifen drehten durch, der Bus schlingerte mit dem Hinterteil ins Meer hinein. Archy gab noch mehr Gas, bis Misses Beecham ihm ins Lenkrad griff und schrie: »Aufhören, aufhören!«

Sie hatte recht. So würde Archy nie wieder aus dem Sand rauskommen. Das wußte Archy natürlich auch. Aber er hatte einfach den Kopf verloren.

»Aussteigen!« rief uns Misses Beecham zu, »alle raus.«

Ja, da standen wir nun und bestaunten unsere Lage.

Der Motor lief noch immer. Doch dann fing er an zu stottern. Es knallte, es pufffte, der Bus schüttelte sich noch einmal. Dann war Ruhe.

Archy stand wohl unter Schock. Er fluchte nicht. Er lief nur aufgeregt am Bus entlang, guckte und guckte und guckte, und sein Kinn wackelte ohne Unterlaß.

»Wann kommt die Flut?« fragte Emerich.

»So in etwa einer Stunde«, antwortete ich. Die Zeiten von Ebbe und Flut lese ich jeden Tag in der Zeitung. Schließlich muß ich doch wissen, wann die beste Zeit zum Schwimmen ist.

»Und wie weit ist es bis zum nächsten Ort?« wollte Emerich noch wissen.

»Henderson, was meinst du?« fragte ich ihn.

»Na…, so ungefähr fünfundzwanzig Kilometer.«

Emerich lächelte: »Interessant«, sagte er, »sehr interessant.«

Archy kramte ein langes Seil aus dem Kofferraum hervor, machte es irgendwo unter dem Bus fest und legte es dann in ganzer Länge auf den Strand.

»Laßt mich nicht im Stich, Kinder«, bat er mit aufgeregter Stimme, »legt euch mit aller Kraft ins Zeug.« Das machten wir auch. Der Bus bewegte sich ein wenig nach vorn, allerdings nur ein paar Zentimeter. Archy wollte helfen, griff in den Türrahmen hinein, drückte, paffte und stöhnte vor Anstrengung. Aber es half alles nichts. Als unsere Kräfte erlahmten, rollte der Bus wieder zurück.

Henderson und Bryan gingen gemeinsam um den Bus herum und nickten sich gegenseitig zu. Dann stiegen sie in den Bus ein.

»Was ist los?« fragte Archy sie mit zitternder Stimme.

»Wir holen unsere Sachen raus«, sagte Bryan.

Archy wußte, was das bedeutete: »Ihr könnt doch nicht so einfach aufgeben!« schrie er.

Bryan ging auf ihn zu, klopfte ihm auf die Schulter, so als sei er der Vater und Archy sein Sohn, und sagte leise und ruhig: »Vergiß es, Archy, der Bus ist nicht zu retten.«

Wir holten unsere Sachen heraus, trugen sie nach hinten in Sicherheit, und bald war wieder die alte aufgelöste Stimmung da. Wir quatschten, spielten, aßen und schauten interessiert zu dem Bus hinüber.

Archy machte das ganz wild: »Warum schickt man euch zur Schule? Na? Damit ihr denken lernt.«

Archy kannte Henderson, und er wußte, was ein Urteil von Henderson bedeutete.

Er fauchte ihn an: »Überlegt doch, verdammt noch mal, wie wir meinen Bus retten können!«

»Na, komm schon, Henderson, sag es ihm«, forderte ihn Piffy heraus.

Henderson zuckte mit den Schultern. Nein, natürlich war das alles nicht seine Schuld. Es war nun mal so, wie es war. »Du kannst nichts machen …«

»Aber ich kann doch meinen Bus nicht einfach im Stich lassen. Nein, ich werde hierbleiben.«

»Wenn du unbedingt willst …«, versuchte ihn Henderson zu beruhigen. »Falls du es dir anders überlegst, sag uns Bescheid. Denn dich können wir retten. Aber besser, du läßt es gar nicht so weit kommen. Na komm, hol deinen Kram und geh dem Wasser lieber aus dem Weg.«

Die schwarze Limousine stand nicht weit entfernt. Der Chauffeur und Mr. O'Conners waren zu uns gekommen. In ihren Augen nichts als kühle Gleichgültigkeit.

»Vielleicht können Sie mich herausziehen, Sir?« fragte Archy den Fahrer.

»Das schaffe ich nie«, antwortete der.

»Aber versuchen, versuchen …«

Da nahm Bryan sein Taschenmesser, ging auf den Bus

zu und stach das Messer in den linken Hinterreifen, ging hinüber auf die andere Seite und tat das gleiche.

»Diskussion beendet«, sagte Bryan und drehte sich um. Sein Blick fiel auf die schwarze Limousine. Der Chauffeur starrte schreckerfüllt Bryan an, er wußte sofort, was in dem vorging, nein, er ahnte nicht, er wußte genau, was Bryan plante ..., und er lief los ..., lief auf seinen Wagen zu ... es waren vielleicht zweihundert Meter. Aber auf diese Entfernung hatte er gegen Bryan keine Chance. Bryan stürmte los.

»Nein!« brüllte der Chauffeur keuchend hinter ihm her, »bist du ..., bist du wahnsinnig?«

Misses Beecham hatte ihre Hände zur Faust geballt und trommelte damit auf ihren Knien: »Bryan, Bryan, Bryan, komm, komm sofort zurück...«

Doch Bryan schaute sich nicht ein einziges Mal um, kein Zweifel verzögerte, was er sich vorgenommen hatte. Sobald er an der Limousine ankam, stach er sein Messer in den linken Vorderreifen, rutschte, schurfte auf die andere Seite hinüber.

Jetzt, endlich, erreichte der Chauffeur den Wagen, riß die Fahrertür auf, zwängte sich nervös zitternd auf den Sitz, startete und gab Vollgas. Bryan sprang zur Seite. Der Wagen brauste davon, schlingerte, pflügte den Sand. Der Chauffeur merkte schnell, daß er auf den Felgen fuhr. Er hielt an, stieg aus, ging schnaufend um die Limousine herum. Drei Reifen waren durchstochen. Und mehr als einen Ersatzreifen hatte auch er nicht im Kofferraum.

Bryan hockte noch immer im Sand. Zufrieden klappte er das Messer wieder zusammen und steckte es in die Hosentasche. Dann stand er auf, klopfte sich den Sand aus den Kleidern und kam zu uns herüber. Fest und ruhig, so wie es seine Art ist, blickte er Mr. O'Conners in die Augen und sprach: »Vor Gott sind alle Menschen gleich.«

Das klang so schön und wahr, daß selbst Misses Beecham nickte. Ja, wir alle verstanden, warum Bryan das getan hatte. Und mußte man ihm nicht auch zustimmen? Sollte der etwa mit seiner Kutsche abziehen und uns hier zurücklassen? So wäre es doch bestimmt gekommen.

Archy stieg in seinen Bus ein, betätigte die Fensterverriegelungen, machte dann die Türen zu und schloß sogar ab.

»Du hast das Fenster hinten vergessen«, flaxte Piffy. Und alle lachten. Nur Archy nicht.

»Ich werde meinen Job verlieren, die Versicherung wird keinen Pfennig zahlen, und ihr amüsiert euch.«

»Ist doch besser als weinen«, tröstete ihn Penny.

»Hat schon mal einer von euch einen Bus absaufen sehen?« fragte Henderson. Die Neugierde hatte ihn gepackt. Henderson ist eben Henderson.

Nun, da die Lage klar war, sah auch Piffy wieder seine Zeit gekommen: »Also liebe Kinder, gleich beginnt das große Naturschauspiel: ›Haie, Perlen und der rostende Bus‹. Eintritt einen Dollar. Kauft, solange noch Plätze frei sind.«

»Du bist wohl verrückt geworden?« fragte ihn Linda ärgerlich.

»Wieso?«

»Was wollt ihr hier mit Geld?«

»Wir geben es Archy. Das wird ihn trösten.«

»Vierundzwanzig Dollar?«

»Immerhin, davon kann er sicherlich einen Tag lang leben.«

»Und dann?«

»Und dann? Na, dann werden wir sehen. Linda, versuch doch nicht immer gleich tausend Jahre im voraus zu denken.«

Wir schoben die Limousine aus der Gefahrenzone, was eine elende Schufterei bedeutete, und machten es uns dann oben am Strand bequem. Die Flut befand sich schon auf dem Vormarsch, umspülte den Bus, klatschte immer stärker erst gegen die Reifen, dann auch gegen die Karosserie, und bald rüttelte sie mit ihrer mächtigen Kraft an dem ganzen, großen, schweren eisernen Körper.

»Das Meer sieht auf einmal ganz schön überrascht

aus«, höhnte Piffy, »ist es ein Wunder? Wann steht ihm auch schon mal ein Bus im Weg?«

Es dauerte ungefähr eine Stunde, bis das Wasser durch das offene Fenster in den Bus hineinplatschte. Und wenig später sahen wir nur noch das Dach des Busses wie eine Insel aus dem Wasser herausragen. Eine Insel allerdings, die die Flut immer wieder überspülte.

»Gluck, gluck, gluck«, sang Piffy in verschiedenen Melodien. »Sag, Archy, möchtest du jetzt an deinem Steuer sitzen und den Heldentod sterben?« fragte er schließlich.

Aber Archy sagte nichts darauf. Er suchte sich eine Angel aus dem großen Haufen, steckte aus der Kiste ein paar Köder in eine Plastiktüte und ging zu den Felsen hinüber.

7

Misses Beecham und Penny beratschlagten, was sie jetzt tun sollten. Es würde bestimmt noch ein paar Stunden dauern, bis irgendjemand nach uns suchte. Schließlich wollten wir erst spät in der Nacht wieder zuhause eintreffen.

»Vor Mitternacht kommt bestimmt keiner auf den Gedanken, daß uns etwas zugestoßen sein könnte«, vermutete Misses Beecham und war bei diesen Worten ziemlich niedergeschlagen.

Penny sah das anders: »Gott sei Dank haben wir genügend Trinkwasser dabei. Das Essen holen wir uns aus dem Meer. Es wird zwar eine kühle Nacht werden, aber es ist doch sehr schön hier draußen. Wir sollten diese Nacht genießen. Was meint ihr, Kinder?«

Na, uns brauchte Penny nicht zu überzeugen.

»Ach, beinahe hätte ich es ganz vergessen«, sagte er leicht ärgerlich zu sich selbst, ging hinüber zu der Limousine, klopfte an die Scheibe, der Chauffeur stieg aus, und Penny erklärte mit feierlicher Stimme: »Der Wagen ist beschlagnahmt. Und alle Vorräte auch. Dies ist ein Notfall. Nach Paragraph 8944 A dürfen nur die

Schwachen und Kranken in dem Wagen schlafen. Ist das klar?«

Nun, Mr. O'Conners stieg ohne Widerspruch aus.

»Da drüben«, sagte Penny und wies zu den Angeln, »da könnt ihr euch eine Angel nehmen und euch das Abendbrot verdienen. Von nischt kommt nischt.«

Und tatsächlich, die beiden griffen sich eine Angel, nahmen ein paar Köder mit und marschierten zu den Felsen hinüber, von denen aus auch die anderen ihr Glück versuchten.

Penny empfand ein spitzbübisches Vergnügen dabei, den Wagen zu untersuchen, und befahl sogleich, daß die Vorräte zu unserem Lagerplatz gebracht werden sollten.

Von den drei Decken gab er eine Misses Beecham: »Die Vorsehung hat für alles gesorgt, meine Liebe«, sprach er mit warmer, sanfter Stimme und präsentierte ihr die gefaltete Decke mit beiden Händen. Misses Beecham machte noch immer ein säuerliches Gesicht, das sich noch weiter verzog, als Penny sie mit »meine Liebe« zu besänftigen suchte. Nun, manchmal können selbst Engelszungen die starren Herzen nicht erweichen.

Penny ist wohl alt genug, um das im Leben gelernt zu haben. Seine Enttäuschung war nur kurz. Er drehte sich um, schaute aufs Meer hinaus, atmete tief, nickte zufrieden zu der einen Stelle hinüber, ja, er schien sich bei dem Bus zu bedanken, der ihm diese großartige Lage beschert hatte. Er nickte noch einmal, klatschte in seine Hände und teilte dann ein paar von uns zum Holzsammeln ein.

Linda und ich wollten unser Anglerglück gemeinsam versuchen. Aber ehrlich gesagt, insgeheim hoffte ich, daß wir nichts fingen. Doch, doch, ich esse sehr gerne Fisch. Aber sie aufschneiden, ausnehmen … Linda findet nichts dabei. Und so waren wir ein ideales Team. Ich würde die Fische fangen, und sie würde den Rest besorgen.

Also gingen wir zu den anderen, die auf dem Felsen verteilt saßen.

Der Chauffeur und Archy hockten zusammen und unterhielten sich eifrig. Vielleicht tauschten sie Berufserfahrungen aus. Schließlich mußten sie vieles gemeinsam haben.

Und Mr. O'Conners? Ich sah ihn nicht. Keine Ahnung, wo der steckte.

Wir wollten so weit ans Meer heran wie möglich, um den Köder weit hinauswerfen zu können. Oh, man mußte aufpassen, weil die Felsen zum Teil mit einer glitschigen Haut überzogen waren.

»Was ist los?« fragte Linda.

Ich schaute zum Horizont hinaus. Ein prächtiges Schauspiel verklärte meine Gedanken. Die Sonne stand in einem tiefroten Feuer und sackte langsam in das Meer hinab. Eine glitzernde, funkelnde Straße warf die Sonne zu uns über das Meer, so als wollte sie uns auffordern, doch hinüberzukommen, hinüber auf die andere Seite der Welt. Ja, berauschend schön verabschiedete sich die Sonne von diesem Tag und versprach mir ins Ohr, am nächsten Morgen auf der anderen Seite wiederzukommen.

Ach, ich schloß die Augen, genoß nach der rauhen Hitze des Tages die zarte Wärme der Abendsonne.

Ganz verträumt, aufgelöst, gab ich mich diesem Wunder hin.

Und dann dieser Schrei, dieser grauenvolle Schrei.

Ich wußte sofort, jemand mußte von den oberen Felsen hinuntergestürzt sein.

»Mein Gott«, erschrak Linda und sprang auf, »komm, Sarah, komm.«

Wir tasteten uns vorsichtig zurück. Tausend Gedanken hasteten durch meinen Kopf. ›Wir haben kein Auto. Kein Arzt ist in der Nähe. Wir können keine Hilfe holen. Und wenn der tot ist … Mein Gott …, mein Gott …‹

Wir mußten über die hohe Dünung klettern, nach links den langgestreckten Hügel hochkriechen und dann auf der anderen Seite auf dem feinen Sand nach unten rutschen.

Ich sah, wie Misses Beecham und Penny auf uns zugelaufen kamen.

»Wo seid ihr?« rief ich.

»Hier, hier unten. Zwischen den großen Felsen rechts von euch.«

Von weitem hörten wir schon das Stöhnen. Und ich war mir sogleich ziemlich sicher, daß das Graham sein mußte. Obwohl der Schmerz die Stimme verzerrte.

Und tatsächlich: Da lag er auf dem Boden. Bryan, der Chauffeur, Archy und Jeff waren bei ihm. Aus Grahams Nase und den Ohren sickerte Blut, und man sah es ihm an, daß er im Oberkörper starke Schmerzen haben mußte.

Was sollten wir tun?

Misses Beecham kam herbeigehastet, beugte sich zu Graham hinunter, wischte ihm das Blut aus dem Gesicht und redete beruhigend auf ihn ein, ja, ganz ruhig und warm strömten die Worte aus ihrer Stimme. Ich mußte an Arnold denken, der auch in der Stunde der Not plötzlich ein anderer Mensch geworden war.

Da standen wir nun. Und obwohl keiner Bryan anschaute, dachten wahrscheinlich alle das gleiche. Ja, wenn wir doch wenigstens die Limousine benutzen könnten. Aber so? Was sollten wir tun, ungefähr fünfundzwanzig Kilometer vom nächsten Ort entfernt? Denn hier draußen wohnte niemand. Weit und breit keine Menschenseele außer uns.

»Bryan«, sagte Misses Beecham mit fester Stimme, »Bryan, komm her! Ich will, daß du dir Graham genau ansiehst, komm näher, präg dir dieses Bild genau ein, hörst du?«

Sie griff seinen Arm, zerrte ihn zu sich hinunter. Und Bryan ließ es mit sich geschehen.

»Bryan«, sprach sie leise, flüsterte es fast, mit schwerer Stimme, »Bryan, Bryan, Bryan, du bist der einzige hier, der Hilfe holen kann, schnelle Hilfe …«

Bryan starrte auf das schmerzverzerrte Gesicht. Ob er überhaupt zuhörte? Doch dann fragte er geistesabwesend: »Ich?«

»Ja, du, du allein. Du bist unser schnellster Läufer. Wer sonst soll es schaffen, fünfundzwanzig Kilometer zu laufen?«

Wir alle wußten, daß sie recht hatte. Auch Bryan mußte das klar sein. Trotzdem dauerte es eine geraume Weile, bis er endlich nickte und seine Stimme ein kaum hörbares »ja« hauchte.

Misses Beecham ließ ihn noch nicht gehen. Sie legte seine Hand auf Grahams Körper, legte sie auf Grahams Herz.

Da machte Graham die Augen auf, nur einen kleinen

Spalt, und preßte die eine Frage hinaus in die Welt: »Wirst du Hilfe holen, Bryan, wirst du …?«

Langsam senkte Bryan den Kopf nach unten, als ob Graham ihn sonst nicht hören könnte: »Ja, Graham, ich schwöre es.«

Er wollte sich erheben, endlich loslaufen, doch er merkte die Anspannung in Grahams Körper, die Lippen sammelten Kraft.

»Bryan«, sagte Graham drängend und rang sich dann Wort für Wort unter Schmerzen ab: »Bryan, ich will, daß du weißt, daß ich dich töten wollte, damals auf dem Boot …, der Hai …, in meinem Koffer waren Fleischklumpen und Blut … und ein Stein, damit der Koffer … Als du hinabtauchtest, habe ich… den Koffer ins Wasser gelassen.«

Er stierte Bryan mit zitternden, schmerzverzerrten Augen an.

Die ganze Zeit über hielt Bryan seine Hand auf diesem Herzen, das doch soviel Haß ihm gegenüber gehegt hatte.

»Ich werde Hilfe holen, Graham, bestimmt, ich schwöre es dir.«

Dann stand Bryan auf, wandte sich Henderson zu: »Macht in zwei Stunden große Feuer und verteilt sie gut, mindestens zehn, und markiert den Landeplatz für den Hubschrauber.«

Emerich reichte ihm eine Flasche mit Wasser, die er sich über den Rücken hängte, Archy erklärte ihm auf der Karte kurz den Weg. Er brauchte nur bis zur Straße hinüberzulaufen und dann dieser Straße nach Süden zu folgen, bis zum ersten Ort.

Und dann, endlich, war Bryan in der Nacht verschwunden.

Wir holten die Decken, machten Graham ein Lager, zwei Feuer zündeten wir an, eins an jeder Seite. Wir hatten Angst, ihn zu bewegen. Wir wollten nichts falsch machen.

Die meiste Zeit befand sich Graham in Ohnmacht. Vielleicht wegen des Blutverlustes oder wegen der starken Schmerzen.

Wenn er wach war, wimmerte er schrecklich, versuchte, die Pein zu unterdrücken. Aber dort draußen war jeder Laut wie ein Schrei. Ach, mein Gott, konnte nicht das sanfte Rauschen des Meeres, das ruhige Atmen der See diesen armen Menschen in den Schlaf wiegen? Damit er nicht zu leiden brauchte, kein Schmerz seinen geschundenen Körper quälte.

Und dann die Zeit. Ach, die Zeit lag bleiern schwer über uns allen. Hilflos warteten wir vor uns hin. Manchmal faßte Misses Beecham nach Grahams Puls, und jedes Mal stockte uns der Atem. Ja, er lebte, er lebte noch.

Wir suchten mehr Holz, trugen es zusammen. Das half, lenkte ab und vertrieb die Ungeduld ein wenig.

Und dann ..., dann waren die zwei Stunden vergangen, wir zündeten die Feuer an und hofften und warteten ...

Würde Bryan es schaffen? Würde der Helikopter kommen?

Wir lauschten in die Nacht hinein. Und dann, es dauerte gar nicht lange, dann hörten wir das Knattern der Rotoren, erkannten die Scheinwerfer an den Kufen, die auf uns gerichtet waren. Alles Holz warfen wir jetzt auf die Feuer. In dem weit verstreuten Licht sah man sogar den Bus da draußen, den das Meer allmählich wieder freigab.

Der Hubschrauber landete. Zwei Männer sprangen hinaus mit ihren Geräten und einer Trage, eilten hinüber zu der Stelle, wo Graham lag.

Der Arzt tat, was er im Augenblick für Graham tun konnte. Dann legten sie ihn vorsichtig auf die Trage, schleppten ihn zu der Landestelle, luden ihn ein, und wenig später verschwand der Hubschrauber wieder in der Nacht. Der Pilot hatte uns noch mitgeteilt, daß ein Bus auf dem Weg war, um uns abzuholen.

Da saßen wir nun alle am Strand zwischen den Feuern, die langsam kleiner wurden, in Gedanken versunken und von der Müdigkeit berauscht. Ja, die Müdigkeit weitet das Bewußtsein, sie schenkt uns neue

Erfahrungen und neue Gedanken. Die Müdigkeit öffnet uns manchmal das Tor zu einer Welt in uns, die meistens verschlossen bleibt. Und da draußen in jener Nacht habe ich das stärker gespürt als jemals zuvor.

Wie seltsam doch, wenn man den Bus beobachtete, von den Wellen umspült, so als stünde er dort schon eine Ewigkeit. Und doch war es keine zwölf Stunden her, seit wir mit eben diesem Bus hier angekommen waren. Ja, vor zwölf Stunden, vor zwölf Stunden nur war diese Welt noch eine andere Welt. Wie schnell, wie rasend schnell sich doch manchmal die Dinge ändern können.

Bald traf der neue Bus ein. Auch Bryan war mitgekommen. Man sah ihm die Strapazen an. Sein Haar war verklebt, seine Augen waren rot, und er ging ziemlich langsam.

»Alles einsteigen«, rief uns der Fahrer zu.

War es die Müdigkeit, die uns zurückhielt? Denn keiner stand auf. Wir schauten zu Misses Beecham hinüber, die vielleicht noch gar nicht bemerkt hatte, daß der Bus angekommen war.

»Misses Beecham«, rief Emerich ihr zu, »der Bus, der neue Bus ist da…«

Sie nickte, blieb aber sitzen.

Erst als der Fahrer vor ihr stand und ungeduldig fragte, blickte sie erschrocken auf.

»Nein, ich will noch hierbleiben«, sagte sie ganz zart.

»Will denn keiner mitkommen?« fragte der Fahrer verblüfft, »erst scheuchen die mich aus dem Bett, dann beeil' ich mich auch noch … und jetzt, jetzt wollt ihr hierbleiben. Euch hat wohl das Mondfieber zugesetzt?«

Ich habe nie vorher vom Mondfieber gehört, aber ich kann mir denken, was der Mann meinte.

Auf jeden Fall hatte er verstanden, daß wir im Augenblick nicht von dort weg wollten.

Er wendete seinen Bus, verschwand und tauchte eine Stunde später wieder auf, mit Thermosflaschen, Sandwiches und Obst. Keine Ahnung, wo er das in der Nacht aufgetrieben hatte.

Da saß er nun an seinem Bus, verteilte von seinen guten Sachen, wenn jemand zu ihm kam, und harrte ansonsten aus, bis wir losfahren wollten.

»Falls es jemanden von euch interessiert«, rief er zu uns hinüber, »ich habe auch eine schwere Zugmaschine angefordert, die euren Bus herausziehen soll. Schließlich wird bald Ebbe sein…«

Daraufhin ging Archy zu ihm hinüber, und die beiden plauderten bald so angeregt, daß man es sicher bis nach Australien hinüber hörte.

Die Sonne stieg in unserem Rücken auf, glühte zwischen dicken Wolkenbatzen. Oh ja, sie hatte ihr Versprechen gehalten. Ein leichter Wind frischte auf, raschelte an dem Seegras. Aber dann, dann war es urplötzlich vorbei mit aller Andächtigkeit, Träumerei und stillem Gedenken. Die Zugmaschine rückte heran. Wir schüttelten uns die Müdigkeit aus den Gliedern, gingen zu dem guten Mann am Bus und stärkten unsere ausgezehrten Kräfte.

Archy lief hinunter zur See. Es würde nicht mehr lange dauern, bis die Räder zum Vorschein kamen.

»Komisch«, rief uns Archy zu, »die See ist doch ganz ruhig, aber der Bus wackelt und wackelt.«

Nun, nach der langen Nacht konnte man das Archy sicherlich verzeihen. Wer kann da schon noch völlig seinen Sinnen vertrauen? Und außerdem hörte auch keiner so richtig hin. Nur Bryan und Henderson gingen zu ihm hinunter.

»Der wackelt tatsächlich«, rief Henderson erstaunt.

›Mann‹, dachte ich mir, ›soll der Bus doch wackeln oder nicht wackeln, ist mir völlig egal.‹ Vielleicht würde jeder Bus wackeln, wenn er eine Nacht im Meer verbracht hatte. Das Wasser war ja auch nicht mehr so warm. Allerdings war mir nicht bekannt, daß Busse zittern, weil ihnen kalt ist.

›Oh Gott‹, sagte ich mir, ›was denkst du dir nur für einen Unsinn zusammen? Es wird doch Zeit, daß du eine große Portion Schlaf bekommst.‹

Der Fahrer des Schlepperwagens war aus seinem

Fahrerhaus herausgesprungen, kam zu uns herüber: »Hört mal zu«, tönte seine mächtige Stimme, »ich habe euch etwas mitzuteilen. Ein Mister O'Conners hat bei der Polizeistation angerufen. Ich soll euch nur sagen: Graham wird leben.«

Ja, es war ein schöner Morgen.

Wie hatten wir uns danach gesehnt, diese Worte zu hören.

Und die Kraft dieser Nachricht öffnete uns die Sinne, die Neugierde des Lebens zeigte ihren Hunger.

Was gab es noch zu tun?

»Wackelt der wirklich?« rief ich den andern zu, ohne aber eine Antwort zu bekommen.

Der Schlepper fuhr zum Wasser hinunter. Aber noch mußte der Fahrer warten. Die See hat ihren eigenen Rhythmus.

Doch dann kamen die Räder des Busses zum Vorschein. Und seltsamerweise schien es so, als hätte sich damit das Wackeln des Busses erledigt.

»Wackelt ihr noch?« rief Piffy seine Frage hämisch den Kameraden zu.

Henderson winkte ab. Was sollte man von solchen Trantüten schon erwarten. Wenn sie ihm nicht glaubten, sollten sie ihn wenigstens in Ruhe lassen.

Piffy ging hinunter zum Meer, Richy, Linda, Roz und Carol ..., und bald waren wir alle da unten – bis auf Archy. Der war mal für zwei Minuten in den Dünen verschwunden. Wahrscheinlich hatte sich die Aufregung auf die Tätigkeit seiner Blase ausgewirkt. Nun, wie auch immer ...

Aus den Ritzen des Busses lief noch immer Wasser.

»Schön sauber«, flaxte Piffy.

Der Fahrer des Schleppers rüttelte an der Vordertür: »Wer hat denn das Ding abgeschlossen?«

Penny schaute sich um. Erst jetzt fiel ihm auf, daß Archy fehlte. Er formte mit den Händen einen Trichter und rief: »Archy..., wo bist du...?«

Und da kam Archy auch schon wieder hinter den Dünen hervor, eilte mit schnellen Schritten auf uns zu. »Mach es vorsichtig«, bat er den Fahrer des Schleppers.

»Ja, ja«, raunte der nur, »aber mach erst mal die Tür auf. Die Lenkung wird doch bestimmt noch funktionieren...«

Archy kramte in seinen Hosentaschen, und Henderson guckte schon entgeistert in den Himmel. Aber das war völlig unnötig. Archy fand, wonach er gesucht hatte.

Er entsicherte das Schloß, drückte die Tür ein, zog sich auf die erste Stufe hoch, ging noch zwei Schritte und dann..., dann stürzte er zurück, riß den Fahrer des Schleppers um, und auch Penny fiel zu Boden.

»Bist du verrückt geworden?« schrie ihn der Fahrer an.

»Da…, da…, da drin ist ein…, ein Fisch«, stotterte Archy mit aufgerissenen Augen.

Der Fahrer war rasend vor Wut: »Na, wenn schon! Schließlich hat der Bus ja im Meer gestanden. Und falls es dich überraschen sollte: Im Meer gibt es Fische. Frag mich bloß, wie der da reingekommen ist. Schließlich hast du ja die Türen verschlossen.«

»Auf der anderen Seite«, klärte ihn Penny auf, »da fehlt eine Scheibe.«

Da guckte der Fahrer Archy prüfend an und fragte: »Groß?«

Archy nickte.

Äußerst vorsichtig schlich der Fahrer in den Bus.

»Mein Gott!« rief er aus, »das kann doch nicht wahr sein.«

Henderson stieg hinter ihm her: »Ein Bluefin, und was für einer!«

»Habt ihr Eimer?« fragte der Fahrer.

Wir hatten.

»Also los, holt Wasser und dann immer schön über den Fisch kippen.«

»Aber der ist doch tot«, klärte ihn Penny auf.

Der Fahrer hörte nicht mehr hin. Er lief zu seinem Schlepper, stieg ein und brauste davon.

»Der muß total übergeschnappt sein«, rief ihm Penny nach, »und jetzt?«

»Na los, Jungs«, rief Archy, »ihr habt doch gehört, was er gesagt hat. Holt Wasser und gießt es über den Fisch.«

Es dauerte keine halbe Stunde, da war der Schlepper wieder am Strand. Der Fahrer hatte Trockeneis geholt und auch eine Badewanne mitgebracht.

Er zog den Bus aus dem Sand, zog ihn bis zur Straße. Dann legten sie Seile um den Bluefin. Der Fisch mußte so um die drei Zentner wiegen. Nur mit größter Mühe kriegten sie den Fisch auf dem gleichen Wege wieder raus, auf dem er auch in den Bus hineingeschwommen sein mußte. Fast zwei Meter war der lang. Aber dann, irgendwann lag der Bluefin in seiner Badewanne auf dem Schlepper, gut gekühlt in all dem Eis. Und dann fuhren sie los: Archy und der Fahrer, ließen den Bus erst einmal zurück und brausten mit ihrer kostbaren Fracht nach Süden gen Auckland. Es war ein Rennen gegen die Zeit.

Aber sie schafften es, sie brachten den Fisch nach Auckland, wo er für den Export nach Japan zurechtgemacht wurde. Noch am gleichen Tag trug ein Flugzeug unseren wundersamen Bluefin nach Japan, wo man ihn am nächsten Morgen versteigerte. In Japan ist das Fleisch des Bluefin eine teure Delikatesse. Welchen Preis der Bluefin erzielte? Ungefähr sechzigtausend Dollar.

Der Fahrer und Archy teilten sich das Geld. Nun, für dreißigtausend Dollar konnte sich Archy zwar keinen *neuen* Bus kaufen, es reichte wieder mal nur für einen alten, aber der neue alte war doch um einiges besser als der alte alte, den er leider verschrotten lassen mußte.

Graham mußte fast sechs Wochen im Krankenhaus bleiben. Und es dauerte noch einmal zwei Monate, bis er wieder ganz gesund war. Nie wieder kam Graham in unsere Schule. Wie sich herausstellte, war das ganze nichts weiter als eine Strafaktion seines Vaters.

Bryan und Graham wurden in der Zeit, die ihnen noch verblieb, tatsächlich Freunde. Aber schon bald nach seiner Genesung flog Graham nach England, wo er jetzt eine Privatschule besucht. Wie er uns schreibt, ist er dort recht glücklich. Und wir bekommen jeden Monat einen Brief von ihm, den Misses Beecham dann immer laut in der Klasse vorliest.

Emerich ist mit dem Segelschiff längst wieder auf dem Weg nach Hause. Allerdings wird er erst in ein paar Monaten wieder in Deutschland sein, auf der anderen Seite dieser Welt.

Und Bryan? Bryan geht immer noch jeden Morgen

schwimmen, aber er ist viel ruhiger geworden und schimpft nicht mehr so verbissen über alles, was ihm nicht gefällt. Ja, wahrscheinlich würde er jetzt sogar gegen einen Fußball treten, wenn es denn unbedingt sein müßte.

Henderson kommt demnächst auf eine Schule für besondes begabte Kinder. Eigentlich schade. Zumindest wir haben viel von ihm gelernt. Aber das ist wohl der Lauf des Lebens, daß jeder schließlich seinen eigenen Platz finden muß …

Die Tage werden jetzt kürzer. Der Wind bläst rauher auf unsere Küste zu. Wenn ich am Nachmittag auf meinem Felsen sitze, ein Buch lese, ein paar Zeilen schreibe oder einfach nur aufs Meer hinausträume, dann raffe ich eine weiche, warme Decke um meinen Körper.

Bald wird die Regenzeit einsetzen. Dann muß ich den Platz hier für ein paar Monate verlassen. Bis zum Frühling, wenn ich endlich wieder zurückkommen kann zu meinem Felsen. Oh, er wird mich freudig begrüßen. So wie man einen alten Freund begrüßt. Ich werde ihm auf die Schulter klopfen, mich setzen und ihm zuhören, wie er mir erzählt, was er in all den Monaten erlebt hat. Und wenn er damit zu Ende ist, wird er mir zuhören, und ich erzähle ihm meine Geschichten aus der Zeit, in der wir nicht zusammen waren. Und dann werden wir schweigen, der Felsen und ich, werden hinausschauen auf den Horizont, auf ein Schiff warten, auf einen Sonnenuntergang, einen Schwarm fliegender Fische und darauf, daß unsere Geschichten wachsen und wachsen und wachsen …, bis sie zu einer richtig großen Geschichte gewachsen sind. Und dann werde ich sie wieder aufschreiben, diese große Geschichte, im nächsten Sommer, und sie euch schicken.

Ja, das verspreche ich.